Je suis l'hiver

RICARDO ROMERO

Je suis l'hiver

traduit de l'espagnol (Argentine)
par Maïra Muchnik

ASPHALTE

DU MÊME AUTEUR

Les Chiens de la pluie, 2022

Asphalte éditions
Cour Alsace-Lorraine
67 rue de Reuilly
75012 Paris
www.asphalte-editions.com

ISBN : 978-2-36533-119-7

Couverture : Asphalte éditions.

À Victoria
À mes parents et à mon frère

All work and no play makes Jack a dull boy.

Jack Torrance, *Shining*

Chapitre 1
Pampa

MÊME s'il sait qu'elles vont venir, et même s'il les cherche, les larmes sont toujours inattendues. L'adjudant sous-officier Pampa Asiain s'en étonne comme si les larmes étaient étrangères à son corps, il frissonne et continue de chanter. Il gratte sa guitare, un peu maladroit, et continue de chanter.

L'endroit choisi est l'un des immenses silos abandonnés du vieux moulin Sáez. Un astéroïde en métal secret, à l'atmosphère secrète, érigé et maintenu par la rouille au beau milieu de la plaine, entouré de deux autres. Là-dedans, le jeune adjudant sous-officier se meut avec précaution, comme s'il avait peur de léviter. Au centre, il a improvisé un siège avec des décombres et un pupitre pour ses partitions. À l'intérieur de la structure tubulaire du silo, la lumière est bleue tout le temps, même la nuit.

Pampa Asiain joue de la guitare et chante dans le silo. Il ne sait pas quand il a décidé d'apprendre à jouer de la guitare. Il sait, en revanche, quand il a commencé. C'était après avoir fini l'école de police, il y a environ deux ans, mais ça semble presque irréel. Dans cette histoire de guitare, il y a quelque chose qui remonte à loin, et il s'y perd, s'y laisse perdre. Pour lui, c'est quand l'envie lui en a pris qu'il a commencé, et c'était il y a longtemps. Combien de temps, il l'ignore. Et personne ne pourrait l'aider à s'en souvenir puisque personne ne sait qu'il en joue. Pas même Parra, son collègue au poste de police. Une fois sorti de l'école Vucetich d'Olavarría, de retour au village avant d'intégrer la patrouille rurale de Monge, il a acheté un magazine avec des instructions pour apprendre à jouer de la guitare et l'a lu sans comprendre, dans la solitude du désir, jusqu'à ce que les signes se mettent à avoir un sens. Le jour où il s'est senti prêt, il a volé chez sa mère la vieille guitare qui avait appartenu à son père, et qui, aussi loin qu'il s'en souvienne, était enveloppée dans une couverture, posée dans un coin. Si quelqu'un l'apprenait, il penserait sans doute à une vaine tentative d'apprivoiser la mémoire filiale, de récupérer quelque chose de ce père perdu. Mais pour Pampa Asiain, c'est clair : ça ne l'intéresse pas. Son père est bien là où il est, mort et oublié. Aussi oublié qu'un mort peut l'être. Pendant longtemps, son père n'a été que le contour de la peur à peine perceptible dans les yeux de sa mère lorsqu'elle avait le regard perdu. Elle aussi est morte, désormais. Aussi morte que peut l'être quelqu'un qu'on n'oubliera pas.

Pampa joue et sent vibrer sa gorge tandis que sa voix monte et descend sur la mélodie. Quand il s'est mis à la guitare, il s'est rendu compte qu'il voulait aussi chanter, et cela l'a effrayé. Lui a semblé excessif. Lui a semblé incroyable. Pourtant, sa voix était là, elle jaillissait comme si jamais elle n'avait servi auparavant. Pampa est un guitariste médiocre mais pas un si mauvais chanteur. Il le devine, bien qu'il ne puisse en être sûr, parce qu'il est très difficile de s'entendre. Ou au contraire, il s'entend trop, sa voix réverbérée par les murs hauts et incurvés. Plus d'une fois, il a été tenté de s'enregistrer, mais il n'a pas encore osé, et s'il osait il ne saurait pas davantage comment s'y prendre. Alors il se contente de faire ce qu'il fait. De jouer les cinq chansons qu'il a apprises. De les jouer et de les chanter en secret.

Pampa Asiain joue de la guitare et chante dans l'un des silos du vieux moulin Sáez. En arrivant par la route depuis Trenque Launquen, on peut voir, au nord, les trois sentinelles de métal qui s'embrasent à l'horizon tout le jour et qui durant la nuit s'embrasent aussi, mais autrement. Pampa Asiain joue de la guitare et chante dans le silo, celui de gauche vu de la route. Là, sa voix résonne d'une manière surnaturelle et Pampa Asiain, apeuré et ému, verse quelques larmes.

*

Le soleil vertical de midi est arrivé et a poursuivi sa course, brisant le givre sur les tuiles du toit à double pente du poste de police rural de Monge. Le craquement progressif de ce givre dur, qui se casse sans fondre, a été, de toute la journée, le seul bruit ayant attiré l'attention des deux jeunes hommes qui s'ennuient dans le local vide. Ils marchent, regardent par la fenêtre, boivent du maté. Ils s'approchent du poêle pour se chauffer les mains. S'assoient devant le bureau qu'ils partagent, restent calmes, statiques. Alors le givre craque et tous deux regardent le plafond, recommencent à bouger, replacent leurs chaises, croisent ou décroisent les jambes. Ils s'ennuient ainsi jusqu'à ce que le téléphone sonne. À la première sonnerie, aucun des deux hommes ne regarde l'appareil. Ils se regardent, chacun d'un côté du bureau. À la deuxième, ils regardent le téléphone. À la troisième, l'un des deux répond. Il s'est levé et hoche la tête en répondant par monosyllabes. Il est mince, grand, les joues creuses et le nez long et fin. À l'autre bout du fil, on le perçoit à la raideur de sa posture, quelqu'un donne des ordres.

« Appel de Trenque Launquen, Pampa, dit-il après avoir raccroché, en se grattant la nuque. Il faut aller faire un tour du côté de l'étang. Encore des types qui pêchent sans permis. C'est le vieux Gatti qui les a dénoncés, comme d'habitude. Il dit qu'il les a vus depuis la route en passant, ce matin. »

Pampa hoche la tête. Celui qui lui parle, c'est l'adjudant sous-officier Andrés Parra ; de même grade, et presque du même âge que lui, il a pourtant pris de l'ascendant au fil des jours. Ils se sont connus à la Vucetich d'Olavarría il y a quelques années, mais c'est à peine s'ils s'adressaient la parole. Pampa, c'est à peine s'il adressait la parole à quelqu'un.

Quand tous deux se sont retrouvés dans la même patrouille rurale, Parra a fait comme s'il revoyait un grand ami après une longue séparation, et Pampa s'est laissé embrasser et tapoter le dos.

« Quelle coïncidence, Pampa, regarde un peu où on se retrouve ! Prépare-nous du maté pour fêter ça », a dit Parra, sans cesser de lui labourer l'épaule.

Pampa a fait le maté et c'est ainsi que tout a commencé. Maintenant, quand ils sont seuls, c'est-à-dire presque tout le temps, l'un vaut un peu plus que l'autre. Pampa, ça lui est égal. Tout comme il lui est égal de devoir faire un tour du côté de l'étang.

« *Che*, l'eau est déjà froide. En moins d'une minute. Ce putain de froid... Tu en remets à chauffer avant de partir, Pampa ? »

Pampa se dirige vers la petite cuisine du fond, remplit la bouilloire et la pose sur le feu. Puis il passe par les toilettes à côté, se lave la figure à l'eau gelée du robinet, coiffe ses cheveux courts, très noirs, rêches, s'ébroue pour se réveiller une fois pour toutes et se regarde dans le miroir. Est-il content, triste, enthousiaste, fâché ? Il se regarde sans trancher, il n'arrive pas à savoir. Même sa mère ne savait pas s'il était content, triste, enthousiaste ou fâché. Pampa se fâchait pour peu qu'elle lui pose la question, là oui, il se fâchait. Parce qu'il n'en savait rien, lui non plus, et il ne le sait toujours pas. Pampa, quand il scrute de son objectivité méticuleuse le tumulte de ses sensations, les trouve confuses et emmêlées. Si ça ne tenait qu'à lui, il dirait qu'il est toujours content, triste, enthousiaste *et* fâché. N'est-ce pas le cas de tout le monde, tout le temps ? Alors il surveille ses gestes. Mais sur son visage, tout se résume à un froncement de sourcils noirs et épais, presque unis au-dessus de son nez. Sa mère avait raison, en fin de compte. Debout face au miroir des minuscules toilettes au toit de zinc, tandis qu'il attend que l'eau chauffe dans la petite pièce d'à côté, Pampa se demande si son visage n'est que son visage ou s'il y a autre chose. Pampa se pose souvent ce genre de questions. Et souvent aussi, il se passe de réponses. Après s'être séché la figure, il retourne dans la cuisine. Il se prépare un encas pour la route et emporte avec lui une gourde.

Une fois que l'eau pour le maté est prête, il saisit la bouilloire avec un torchon et l'emporte jusqu'au bureau où Parra tape sur la radio et tourne le bouton pour essayer de capter la station qu'il aime bien. Pampa sait que son collègue est incapable de rester seul, et que c'est la raison pour laquelle il écoute la radio et rit aux mauvaises blagues des animateurs. Mais dernièrement, la réception est devenue mauvaise, instable, et le fourmillement de la bande passante est un fond sonore permanent.

« Quelle radio de merde... dit l'adjudant sous-officier Parra, en bougeant l'antenne de tous les côtés et en secouant l'appareil. Ah... voilà... Non, putain...

– J'y vais », dit Pampa.

Sans attendre de réponse, il décroche du tableau les clefs de la camionnette et sort. Sur le seuil, il respire profondément l'air froid de l'après-midi. La

Ford de patrouille est garée sous le soleil. Pampa marche vers elle, ouvre la portière et monte comme si quelqu'un l'observait. L'équation est inévitable : comme lui observe sans cesse, il croit sans cesse qu'on l'observe.

« Si tu en chopes un avec un merlan, rapporte-le, ça me tenterait bien, dit Parra en se penchant à la fenêtre. Ce soir, on fait un feu. »

Pampa, déjà installé dans la camionnette, acquiesce sans avoir écouté. L'habitacle est tiède, le siège en cuir craquelé lui chauffe les reins. C'est une sensation agréable. Pampa démarre le moteur et le laisse tourner quelques minutes. Le véhicule tremble et dehors, tout est silence, lumière et froid. Puis Pampa prend la route. En traversant le hameau, il pense à l'étang, sourit. Enfin, c'est ce qu'il croit.

*

Pampa Asiain, c'est comme ça qu'il s'appelle. Le prénom, c'est son père qui l'a choisi, lui qui était poète. « Estropié et poète », comme disait sa mère, sûre avec ça d'en donner une bonne définition. Parce qu'il n'est pas devenu poète avant d'être estropié, avant de perdre sa jambe gauche sous le poids d'une Dodge sans roues qu'il réparait au garage de Pehuajó où il travaillait. Après avoir perdu son membre, indemnisé et pas aussi désespéré qu'on aurait pu le croire, voire à son aise dans l'étroite orbite de son moignon, il s'est fait poète. Il a commencé par parler. Parler et boire beaucoup de vin. À ce moment-là, la mère était enceinte, et tout n'était que poids et silence. Elle ne pouvait pas l'entendre. Et Pampa aussi n'était que silence, une boule de chair qui grossissait, indifférente, devant eux. Alors, accablé par ce silence, le père s'est mis à écrire. D'abord, il a inscrit sur sa jambe perdue : « Ce qui me manque le plus, c'est le genou. » Il restait là à regarder son moignon, et à remuer le membre fantôme – les médecins lui avaient prédit qu'il en aurait un. Il bougeait le pied, les doigts de pied, pliait le genou. « Ce qui me manque le plus, c'est de plier le genou », s'est-il ensuite corrigé. Finalement, quand il est devenu cette image dont Pampa, enfant, pouvait se souvenir, une silhouette barbue et sombre assise à la table de la cuisine, regardant par la fenêtre le terrain clôturé à l'arrière de la maison, la jambe perdue était déjà tombée dans l'oubli, et il écrivait désormais d'interminables poèmes bucoliques qui semblaient vouloir désespérément nommer la moindre parcelle monotone de la plaine. Le vin l'avait rendu ambitieux et quand il s'est mis à nommer les choses, il a voulu les nommer toutes. Plus il buvait, plus il voulait nommer, et plus il se rendait compte que c'était impossible, plus il devenait violent.

Quand Pampa a eu dix ans, le père se saoulait tous les jours. Parfois même, il faisait semblant d'être saoul. Ce sont les souvenirs que Pampa a de son père, tous liés à ces heures d'écriture silencieuses et aux raclées pour sa mère et pour lui. Tantôt une statue de cendre courbée sur la table de la cuisine, tantôt un personnage maladroit et violent qui les poursuivait avec ses béquilles et les rattrapait. Mais contrairement à sa mère, Pampa n'a jamais eu peur de ces souvenirs. Parce qu'il n'y croit pas. Pampa sait, confusément, que ce poète estropié et cogneur faisait semblant plus qu'autre chose. Il faisait semblant quand il écrivait dans ses cahiers sales, levant la tête de temps en temps pour chercher un mot quelque part au loin, les yeux plissés ; il faisait semblant quand la nuit il trébuchait sur les choses et les gens, comme si trébucher était la seule façon de rester debout face à l'immensité du paysage. Pampa n'a jamais vu personne écrire autant, encore et encore, la même chose, personne se saouler avec autant de facilité et de rapidité que son père.

Pampa, c'est son prénom, comme si son père avait voulu tout nommer à travers lui. Un geste d'amour ? Pampa n'en sait rien. Ce qu'il sait, c'est que cela lui a valu la méfiance de tous. « Ce n'est pas un prénom, c'est un surnom », lui disait-on, lui dit-on, sans arrêt. Et puis il y a aussi la question du nom de famille. Parce qu'il n'a rien d'un gringo, Pampa Asiain, même si son nom vient d'Europe. Il est brun, le cheveu épais, lisse, la peau sombre. Il est mince, petit, un peu plus d'un mètre soixante. Imberbe. Il a vingt-deux ans mais il a encore l'air d'un adolescent aux sourcils touffus et tragiques, aux yeux noirs perçants. Des yeux noirs qui semblent aussi vouloir nommer tout ce qui se trouve dans la plaine. S'il y a eu un gringo dans sa famille, c'était il y a longtemps, et il n'a laissé que son nom.

Son prénom et son nom, donc, qui le mettent toujours à la mauvaise place aux yeux des autres, sont le seul héritage du père. Parce que les cahiers qu'il oubliait une fois entièrement écrits et triturés, ont fini dans la tombe de la mère, pour qu'elle continue à les lire en cachette, bougeant à peine les lèvres, comme si par cette lecture elle pouvait conjurer la peur. Et parce que la guitare, Pampa le sait bien, il l'a volée.

*

À cette heure, le lac se repère de loin grâce à la brume obscure qui flotte au milieu de la plaine. À mesure que Pampa approche, la brume disparaît et le reflet du soleil sur les eaux est une brillance aveugle qui brille et aveugle. Il n'y a personne alentour. Pampa gare la camionnette presque au bord de l'eau, à l'abri des saules, descend et respire l'air froid de l'après-midi. Il ferme les yeux et se laisse envelopper par le nuage de poussière que le véhicule a soulevé, se laisse attraper. Quand elle retombe, il ouvre les yeux et les plisse, à la recherche de traces laissées par les braconniers. Il ne trouve rien, aucune bouteille qui flotte, aucun sac plastique à la dérive. Des pêcheurs à la sauvette, s'il y en a eu, c'était cette nuit ou aux premières heures de la journée. Ça, il le savait déjà, Pampa, pour ça il n'avait pas besoin de venir jusqu'au lac.

Pendant quelques minutes, debout au bord de l'eau, Pampa sent sur son visage l'humidité gelée qui remonte. Il regarde maintenant le ciel sans nuage. Il rejette la tête en arrière et sent le vertige de l'immensité et du silence. Il aime cette sensation. La plaine s'étend, égale à elle-même, dans toutes les directions, et Pampa mâche cette terre dont le goût lui est resté en bouche. Un goût qui lui donne soif, mais autre chose aussi. Une texture qui est comme une fièvre. Et pour un instant, il ressent une sorte de fourmillement précis, exact. Sa mère est vivante et il lui vient l'envie de l'embrasser. Pampa se promet que la prochaine fois qu'il la verra, il le fera, et même si c'est une promesse qu'il ne pourra jamais tenir, il se le promet vraiment. Naïf.

Un vent agite les prairies sur l'autre rive. Pampa attend et voit s'envoler quelques canards. Ça ne rate jamais.

« Poum ! » dit-il sans conviction en visant dans les airs.

Puis il se penche et défait ses rangers. Soigneusement et sans se presser, il se met complètement nu et laisse ses affaires pliées sur le siège de la camionnette. Il frissonne. Il tremble. Il est d'apparence presque enfantine, maigrelette. Sur sa peau, ses côtes font de l'ombre. L'air froid pénètre maintenant les parties de son corps habituellement hors d'atteinte, et il a un long frisson. Pampa secoue cette sensation comme le ferait un chien et trotte jusqu'au bord de l'eau. Il trempe les pieds et les traîne en y pénétrant, puis quand elle lui arrive à la taille il plonge.

L'eau est froide, très froide.

Un instant, à la surface, les ondes concentriques s'élargissent et s'épuisent. Pampa reste sous l'eau, retenant son souffle, sentant la morsure du froid sur sa peau. Il semble attendre qu'au-dessus de lui, le lac s'apaise. Retrouve son calme plat et huileux. Pampa, sans y accorder trop d'importance, joue à cache-cache une longue minute, sentant la paralysie glaciale de ses poumons. Et pendant cette longue minute, il ferme et ouvre les yeux et ne voit rien dans l'eau obscure, presque opaque, tout juste un mouvement de lumière. Le froid qu'il ressent est-il le même les yeux fermés et les yeux ouverts ? La lucidité dense et gelée qui parcourt son corps le vide de toute pensée, et alors tout se résume au mouvement de ses bras et de ses jambes. Quand il n'en peut plus, Pampa lâche tout en un gros remous, cherche la surface, inspire et replonge. Cette fois, rien. Il fait quelques brasses jusqu'au centre du lac et, arrivé là, se laisse flotter sur le dos. Les yeux fermés, il sent le soleil sur son visage et sa poitrine. Il se maintient à flot en bougeant les membres. Puis il se laisse porter jusqu'à la position verticale et garde la tête hors de l'eau. Il la secoue et ouvre les yeux. Tout, autour de lui, sur la rive, est une ombre qui se morcelle petit à petit. Pampa flotte, dessine des cercles avec ses bras et ses jambes. C'est comme d'être en même temps sur un vélo et en équilibre sur une corde distendue. Il y en a qui font ça pour gagner leur vie. Pampa se souvient de l'avoir vu dans un cirque, mais ailleurs, quelqu'un perdait l'équilibre sans qu'il puisse le voir. Et le voilà lui, maintenant, funambule dans l'eau glacée de l'étang. Il cesse de maintenir la position. Son corps commence à couler et Pampa regarde, tant qu'il le peut, de ces yeux qui font peur ou qui font rire, en direction de la rive la plus proche, où l'ombre a gagné en obscurité et en netteté. Il se laisse aspirer vers le fond puis ressort. D'un arbre robuste, à quelques mètres du bord, une femme pend. Le corps d'une femme. Pampa n'a pas peur, mais plutôt honte. Il vient de se rendre compte qu'il est nu.

*

Pampa Asiain n'a jamais rêvé d'être policier. Il n'a jamais rêvé d'être rien. S'il avait le choix, il serait quelqu'un qui ne dort ni ne rêve jamais. Tout petit, à toute heure et surtout la nuit, il parcourait la maison dans la pénombre. Il fouillait sous les lits, derrière les étagères, dans les placards bas de la cuisine. Il ne cherchait pas des monstres, parce qu'un monstre qui se cacherait là ne pouvait pas être dangereux. Il ne cherchait rien de plus que les couches de poussière et les boules de poils. Il inspectait et tournait dans la maison jusqu'à arriver devant la chambre de ses parents. Il entrait discrètement, s'asseyait par terre, s'adossait à l'armoire et regardait sa mère dormir. Il contrôlait son sommeil. Si son père était là, il l'entendait ronfler et parler en rêve, mâcher des mots isolés comme « fourminoire », « givre », « arbresec », « terrier ». Si son père n'était pas là, il l'attendait. Parce qu'en réalité, ne pas rêver ni dormir, c'était surtout ça. Surveiller son père. Verrouiller ses abondants sourcils noirs et regarder. Pas pour éviter ses accès de fureur, qui de toute façon étaient inévitables. Pampa surveillait parce que c'était la seule façon de ne pas avoir peur. Il pouvait passer des heures à guetter son père, assis calmement à la table de la cuisine, devant ses cahiers. Parfois, il se cachait même sous la table, protégé par l'ombre de la nappe, et tandis qu'il écoutait son père murmurer les mêmes mots qu'il disait en rêve, « givre », « terrier », « arbresec », « fourminoire », il surveillait le moignon. Il verrouillait ses sourcils noirs et contemplait le nœud obscur de l'habit qui le recouvrait. Alors la peur était si forte qu'elle explosait et disparaissait.

Un peu plus tard, à onze ans, après la mort de son père, Pampa a osé sortir de chez lui pour parcourir quelques pâtés de maisons, passant en revue la routine des uns et des autres, observant mi-surpris mi-craintif la cohésion des jours. Les commerces ouverts et fermés selon l'heure, les voitures toujours garées à la même place, les femmes nettoyant les trottoirs à pleins seaux d'eau ou allant à l'épicerie, les siestes et les petits matins des rues resplendissantes de solitude, mis à part quelque chien au trot oblique. Et à toute heure du jour, don Taschetta, assis sur un banc de la place sous sa fenêtre, exilé et pensif, mangeant des graines de tournesol et crachant les coques sur le trottoir. Pampa passait devant lui sans le regarder, le cœur dans la gorge. Et quand il arrivait au coin de la rue, il se cachait derrière un arbre et l'observait un long moment. Parfois, lui aussi mangeait des graines de tournesol. Pampa soupçonnait, il pouvait passer des heures à soupçonner derrière l'arbre. Il y avait dans le calme de cet homme quelque chose qui lui rappelait son père. Le soupçon était alors pour lui une obscure et déconcertante forme de tendresse.

*

Les genoux de la femme, un peu gros et gris, lui arrivent à la hauteur de la tête. Pampa, qui s'est séché et rhabillé avant de se mettre à l'ombre d'un arbre, hume, dans l'air gelé de la sieste, l'odeur aigre-douce de la décomposition initiale. Il fronce le nez, cherche, se gratte le menton et évalue le bourdonnement concentré des mouches.

Pampa en a vu, des morts. On lui en a montré à l'école de police. Mais ils étaient toujours étendus, déjà vaincus, sans mise en scène ni scénario, tout nus, sous scellés. Là, c'est différent. Dans le corps de la femme qui pend, la violence est encore présente.

Pampa respire profondément et approche, laissant les mouches l'accueillir dans leur cercle obsessif. Il évite de regarder le visage de la femme. Il sait, il a la certitude qu'il la connaît. Mais il n'y a pas que ça. Et à supposer qu'il ne la connaisse pas, une fois qu'il verrait son visage, tout deviendrait flou. La morte serait son visage et il ne serait plus aussi facile pour lui de faire ce qu'il fait. De verrouiller ses sourcils noirs et regarder.

La femme porte une mini-jupe en jean. Ses pieds sont nus, grands, les talons râpeux, et ils sont enflés et bleus. Elle a les ongles peints en rouge. Les jambes sont pâles et sur ses larges cuisses, il y a des vergetures et des varices foncées à travers la peau, plus squameuse à mesure qu'on remonte vers l'entrejambe. Pampa croit percevoir une ombre qui flotte sur le bord intérieur de la mini-jupe, là où les deux cuisses se touchent presque. Une ombre qui ne correspond à rien. La femme a de la boue séchée à l'arrière des jambes, depuis les talons jusqu'à la mini-jupe. Pampa fait le tour du corps, en respirant peu et par la bouche pour ne pas être gêné par l'odeur. Il tient ses mains jointes derrière son dos pour se soustraire à la tentation de la toucher. De bousculer et briser la quiétude. La peau de la femme est légèrement griffée sur les mollets.

Après plusieurs tours, Pampa lève les sourcils et le regard. Les jambes sont celles d'une femme mais, à mesure qu'il remonte, le corps n'a plus d'âge. Les mains de la femme, également bleutées et aux ongles rouges, sont attachées dans son dos. Elle porte un ample t-shirt blanc, le col étiré laissant l'une des deux épaules à découvert. Contrairement à la mini-jupe, le t-shirt est propre : on lui a enlevé des vêtements, on a voulu signifier quelque chose. Derrière, les cheveux de la femme, blonds mais noirs à la racine, tombent en désordre plus bas que les épaules inertes. Pampa les regarde avec attention et conclut que la mort n'est pour rien dans ce désordre, que c'est sa coupe qui est comme ça. Il remarque aussi le nœud autour des poignets. Il est mal fait. On l'a attachée une fois morte, sinon la femme se serait libérée facilement. Un dernier tour et Pampa se sent prêt à la regarder dans les yeux.

Le cou est long et fin, entouré d'une grosse corde serrée qui remonte jusqu'à l'arbre. La tête de la femme est penchée sur le côté. Dessiné par des clairs obscurs gris et verts, le cou paraît plus long qu'il n'est vraiment. Effectivement, Pampa connaît la femme. C'est une bourgade de deux cents habitants, impossible de ne pas la connaître. Mais pour le moment ce n'est pas l'essentiel, il y a d'autres choses plus importantes à prendre en compte. Il y a les coups qui lui déforment un œil. Le sang séché qui lui sort du nez. Et puis, elle a la bouche rouge, le rouge à lèvres un peu parti, comme si elle avait donné de longs baisers. Pampa n'aime pas le goût des lèvres maquillées, il a du mal à comprendre qu'il puisse avoir un rapport avec le sexe ou l'amour. Le maquillage, c'est pour les morts. Tout en regardant les yeux, l'un complètement fermé, enflé par les coups, et l'autre à peine entrouvert, il cherche à se débarrasser de ces pensées. Il cherche à ne pas faire fuir les deux mouches posées sur la lèvre inférieure de la femme. Il serre un peu, à peine, les mains derrière son dos, et se rapproche encore pour voir en détail, du mieux qu'il peut, le point brillant sur l'une des ailes du nez. La pointe d'un piercing, presque une tête d'épingle. Pampa soupire et essaie de faire le calcul, de se rappeler quand il a vu cette fille pour la dernière fois, et si elle avait ce piercing. Car subitement la femme devient jeune fille, elle a un âge, un nom, une gestuelle. C'est la fille de Castellanos, le quincaillier. Depuis qu'il est arrivé dans le village, il y a plus d'un an déjà, il ne l'a vue qu'une fois ou deux. Il ne se souvient pas de son prénom. Il se souvient juste que c'est la fille de Castellanos, qu'elle est un peu plus jeune que lui et qu'elle fait ses études à Buenos Aires. Il ne sait pas, il n'arrive pas à se rappeler si le piercing était déjà là la dernière fois qu'il l'a vue.

Les mouches s'égaillent, Pampa recule. Il fait plusieurs pas en arrière puis s'arrête. Il observe un moment puis s'écarte encore un peu. Il s'accroupit, tient jusqu'à ce que ses jambes fatiguent, puis s'assied. Le tout sans cesser de la regarder. Au bout d'un moment, il se lève et s'approche à nouveau. Sans la toucher, il se penche, se place sous le corps pour essayer de voir si elle porte une culotte. Agenouillé, il plisse les yeux et scrute, cherche un interstice dans la pénombre des cuisses et finit par trouver une tache blanche. Pampa claque sa langue asséchée, se frotte le visage avec la manche de son uniforme, épongeant une sueur inexistante, et s'éloigne de nouveau. Il revient s'asseoir au même endroit et regarde la fille. Il ferait mieux d'aller chercher de quoi se couvrir mais il ne le fait pas. Il reste là pendant plusieurs heures, à regarder, les sourcils noirs presque unis au-dessus de son nez, le front creusé par trois rides horizontales. Son regard est si intense qu'on pourrait croire qu'il essaie de la ramener à la vie.

*

« Tu es là ?

– Oui maman, tu veux que je m'en aille ? »

Sa mère ne répondait pas et parfois, oui, Pampa pensait qu'il aurait mieux valu qu'il s'en aille, parfois non. Les années avaient passé depuis la mort de son père et lui n'était plus un enfant. Il ne lui était plus si facile de s'asseoir dans un coin, dans la pénombre de la chambre, pendant que sa mère dormait. Il y avait dans son corps une agitation nouvelle et ses jambes comme ses bras l'intriguaient. Il y avait des nœuds sous sa peau. Des tremblements.

« Tu es là ? »

Pampa était toujours là, mais il a cessé de répondre.

Jusqu'au jour où sa mère a cessé de demander, et finalement, une nuit comme une autre, l'année de ses quatorze ans, il a cessé d'être là.

*

Quand le soleil commence à décliner et que les ombres des arbres bougent et s'allongent, remodelant le paysage, Pampa déplie son corps transi de froid et se lève. Il n'en sait pas beaucoup plus qu'au moment où il s'est assis là, il y a plusieurs heures, mais il sait en tout cas que ce qu'il a devant lui, et qui change à présent avec la fin de l'après-midi, est une mise en scène. Quelqu'un a accroché la fille là après sa mort. Quelqu'un qui veut qu'on la trouve comme ça. Le corps, sous la lumière oblique qui traverse les branches les plus basses, prend une nuance dorée. Il perd peu à peu ses formes, se liquéfie à l'intérieur des frontières de la peau, et très vite, il deviendra difficile de rester à proximité.

Pampa pense à ça parce que c'est ça qu'il a décidé de faire : rester à proximité. Mais pour rester, il devra d'abord s'éloigner.

Après avoir étiré, en gymnaste appliqué, ses articulations endormies, Pampa fait à nouveau le tour du corps mais en élargissant son périmètre au-delà de l'arbre. Il cherche et ne tarde pas à trouver. Les traces d'une voiture. Il les suit des yeux, ce n'est pas difficile. Elles prennent le même chemin que celui par lequel il est venu. Il hoche la tête. Confirme. Décide. En suivant les empreintes de pneus, il fait lentement le tour de l'étang, comme s'il comptait ses pas, puis monte dans la camionnette. Il allume le moteur et réfléchit un moment, tout en frottant ses mains gelées pour que son corps retrouve un peu de chaleur. Il prend la radio et appelle le poste. Parra tarde à répondre.

« Andrés, tu m'entends ? Andrés... »

La radio grésille et Pampa sait, il est certain que Parra est là, à rire en silence, la radio à la main. Autour de Pampa, de la camionnette, l'air s'obscurcit.

« Andrés... Ici Pampa, tu me reçois ? Tu m'entends ? »

Le silence dure encore un peu. Maintenant Parra, Pampa le sait, doit être en train de contrôler son fou rire pour répondre avec sérieux.

« Oui, je te reçois, Pampa. Tu as trouvé quelque chose ?

– Non, mais il y a des traces de camionnette. Ils ont dû venir la nuit. Ils vont sûrement repasser, je vais rester pour voir si j'arrive à les coincer, cette fois. »

L'adjudant sous-officier Parra garde le silence. Il pense à ce que cela implique pour lui, de devoir passer la nuit tout seul au poste. Un troisième policier, d'un rang supérieur, est censé être avec eux, mais on ne l'a jamais vu arriver. Il n'y a qu'eux deux, et ils se relaient pour assurer la garde. C'est ce qu'ils disent en tout cas, parce que la plupart des nuits ils restent tous les deux, à se tenir compagnie. Mais ils se le disent, ils sont organisés. Pour eux, c'est important de savoir, chaque nuit, lequel des deux tient compagnie à l'autre. Ils se tiennent donc compagnie, en jouant aux cartes la plupart du temps, et quand ils parviennent à venir à bout des bruits parasites, ils écoutent d'étranges musiques sur des stations de radio jamais situées au même endroit sur la bande. L'adjudant sous-officier Parra continue à garder le silence. Il pense aux heures vides qui l'attendent, hausse les épaules, regarde la radio qu'il tient dans sa main. Pampa aussi regarde la radio qu'il tient dans sa main.

« Tu vas te les cailler, Pampa. Allez, viens, je te laisse gagner quelques parties de *chinchón*. »

Pampa ne répond pas. Parra sait qu'il ne va pas répondre. Aucun des deux ne va rien dire de plus, ni ne s'attend à ce que l'autre dise quelque chose, mais ils restent là le regard fixé sur la radio qu'ils tiennent dans leur main. Puis ils l'éteignent presque en même temps. Le silence de la campagne et le silence du poste de police sont très différents mais aussi très ressemblants.

*

Le crépitement de la radio, c'est parfois le bruit des jours. Ils ont une vieille mini-chaîne avec un lecteur CD cassé que l'officier adjudant Parra a récupérée quelque part. Quand on ne capte plus aucune station et que seule reste la friture, le volume monte. Ils s'y sont habitués, c'est un murmure qui mord le silence. Il s'en passe des heures où ils ne savent pas quoi se dire, alors les ondes parasites mastiquent, rongent. Pour Parra, qui est impatient, c'est le temps qu'elles rongent, ces minutes qui sont là et qui après n'y sont plus. Pour Pampa, qui est patient, c'est la lumière qu'elles rongent. À l'intérieur de la radio, un animal lointain mâche la lumière, dont Pampa ne parvient pas complètement à imaginer les dimensions. Une sorte de cheval géant au milieu des champs. Ce son peut bien lui appartenir. S'il mâche, s'il ronge la lumière, alors c'est un cheval blanc, avec des taches qui de loin ressemblent à des cratères lunaires. Parfois, quand la lumière aux heures de sieste est écrasante, il croit le voir brouter dans la plaine. Il est immense et toujours tranquille. Pampa repousse cette image, il ne sait pas d'où elle lui vient. Et pour s'en défaire, il parle.

« Galíndez est plus muet que jamais », dit-il.

Parra fait une grimace et esquisse un sourire. C'est une blague récurrente, qui a vite vieilli, dont ils ne peuvent plus se passer. Galíndez est le troisième policier, celui qui n'est jamais venu, leur supérieur direct. Galíndez n'est pas son seul nom, il en a beaucoup, et à force de le nommer ils ont réussi à ce qu'il soit là parfois, avec eux, plus muet que jamais. Car Galíndez ne parle pas. C'est un supérieur, et aucun des deux ne serait capable de lui mettre des mots dans la bouche. Ils respectent son autorité. Ils ne l'invoquent que le strict nécessaire.

*

Après avoir éteint la radio, le premier instinct de Pampa est de retourner là où se trouve le corps de la fille. Il ressent un malaise, une inquiétude à l'estomac de ne pas y être. Il regarde l'obscurité grandir par la fenêtre de la camionnette. Il sait qu'elle est là, pendue derrière les arbres, occultée et en même temps scandaleusement visible. Maintenant Pampa pense, sent que, où qu'il aille, il la verrait. Il sent et il pense qu'il la voit, et ça le dérange, parce qu'il est quelqu'un de très respectueux, et s'il y a une chose qu'il respecte par-dessus tout, c'est la ligne de partage entre le visible et l'invisible. Il pourrait peut-être, en y retournant, balayer cette sensation. Mais il n'y va pas. Parce qu'il a eu, dans les heures qu'il a passées en face d'elle, un pressentiment.

Pampa, dominant ces sensations qu'il ne reconnaît pas et ne veut pas connaître, démarre la camionnette et revient sur la route principale. Il ne se dirige pas vers le village, mais prend la direction opposée. Il fait un kilomètre et oblique sur un chemin de terre. La maison du vieux Gatti est à deux cents mètres. Le bâtiment s'efface à l'ombre des eucalyptus qui l'entourent et en font un amas aplati et informe. Quand le véhicule a parcouru la moitié du chemin, la maison s'illumine. Le vieux Gatti a entendu la camionnette et a allumé la lumière comme on s'habillerait en entendant sonner à la porte. Pampa sait que Gatti, lorsqu'il est seul, préfère l'obscurité ou la lueur d'une bougie qu'il transporte de pièce en pièce, ou s'assied sous le porche pour fumer la dernière cigarette de la soirée. Pampa le sait pour l'avoir épié, surveillé. La première fois qu'il est venu, c'était il y a déjà presque un an, suite au même signalement, des pêcheurs à la sauvette. Depuis, le vieux Gatti porte plainte au moins une fois par mois, tantôt en passant un coup de téléphone, tantôt en allant lui-même jusqu'au poste de police. Ils n'ont jamais arrêté personne, mais ils ont trouvé des nasses et des traces de pneus, voire un ou deux poissons éviscérés sur le bord du lac. Pampa, pourtant, n'y croit pas. Il ne croit pas non plus qu'il y ait réellement des poissons dans ce lac calme et sans vie. Pour lui, c'est une farce du vieux Gatti, et c'est pour ça que chaque fois que celui-ci porte plainte, il se porte volontaire pour y aller. Parce qu'il veut affronter le vieux. La première fois, il était midi et il faisait une chaleur étouffante, le vieux Gatti lui a offert un verre de vin coupé à l'eau gazeuse avec des glaçons, que Pampa a accepté. Tandis qu'ils buvaient à l'ombre des eucalyptus, ils entendaient les porcs. Le vieux Gatti vend les meilleurs cochons de lait du coin, et il les élève dans la cour derrière la maison. Chaque fois que Pampa va chez lui, le vieux Gatti l'y attire sous n'importe quel prétexte et l'oblige à écouter et à regarder les porcs. Et tandis qu'il les regarde, le vieux Gatti le regarde, lui. C'est lui-même qui lui a raconté l'histoire : « Plutôt que vous ne l'appreniez par d'autres, je préfère vous le dire. Il y a dix ans, ma femme m'a quitté pour un autre homme. Elle en a eu assez de cette vie, d'entendre grogner les porcs jour et nuit, et elle est partie. C'est ce que je dis moi, et c'est ce que disent certains. D'autres disent que je l'ai tuée et que je l'ai donnée à manger aux porcs. Et les plus médisants disent que c'est pour ça que mes cochons de lait sont les meilleurs de la région. Je vous le dis pour que vous le sachiez. Moi j'ai rien à cacher, vous voyez. Voici mes porcs. Me voici, moi. Et voici ma maison. » Voilà ce qu'a dit le vieux Gatti en suçotant un glaçon, son verre vide à la main. Ce jour-là, derrière la cour, tout au fond de la propriété, près des arbres, Pampa a contemplé la pièce délabrée où Gatti opère et travaille. Puis il a regardé le vieux au visage ridé par le soleil et il a vu qu'à ses yeux clairs le soleil ne faisait rien.

« Bonsoir m'sieur l'agent, il s'est passé quelque chose ? »

Le vieux Gatti, ce soir, a l'air effrayé. Ce n'est pas comme les autres fois, où Pampa a toujours senti qu'il l'attendait. Aujourd'hui, c'est différent. Debout sur le seuil, emmitouflé dans un poncho effiloché, se découpant sur la lumière qui filtre par la porte ouverte, le vieux Gatti est craintif et anxieux, il a quelque chose d'un animal ébloui, peut-être par ces lumières qu'il a lui-même allumées. Pampa descend du véhicule de patrouille, s'approche, savoure son silence, marche comme s'il comptait les pas que, de fait, il compte. Quatorze. Il s'arrête à quelques mètres de distance.

« Je suis venu au sujet de la plainte, dit-il.

– Quelle plainte ? murmure le vieux Gatti, la voix rajeunie par l'étonnement.

– Concernant les pêcheurs. Vous n'avez pas appelé Trenque Lauquen pour porter plainte ?

– Trenque Lauquen ? Et pourquoi j'aurais appelé Trenque Lauquen ?

– C'est bien ce que je me disais. D'habitude, c'est nous que vous appelez. J'ai trouvé ça bizarre.

– Non. Ce n'est pas moi. Ça fait au moins trois semaines que je n'ai pas vu de pêcheurs… »

Pampa hoche la tête, évite de regarder Gatti et contemple la nuit sur les eucalyptus, parce qu'il veut sentir qu'on l'observe. Il sait, il comprend de manière confuse, que parfois la meilleure façon d'apprendre quelque chose sur l'autre n'est pas de voir son regard mais de le sentir sur soi. Pampa regarde la nuit en silence. Il se tourne finalement vers Gatti.

« Ça doit être une erreur ou une blague, alors. »

Le vieux Gatti fait une grimace. De dégoût, dirait-on, mais c'est du soulagement. Il murmure quelque chose qu'on ne comprend pas. Il s'éclaircit la gorge pour un rire qui ne vient pas.

« Bonne nuit et désolé pour le dérangement », dit Pampa.

Le vieux Gatti hoche la tête, il semble s'être remis de la surprise.

« Il n'y a pas de quoi, m'sieur l'agent. S'il n'était pas si tard, je vous offrirais un verre de vin. »

Pampa fait un geste qui veut dire à la fois merci et au revoir, se retourne et s'en va. Tandis qu'il marche vers la camionnette, il entend encore, depuis l'arrière de la maison, le grognement interminable des porcs, plongés dans leur nuit à eux.

*

Serait-il en train de répéter les mêmes erreurs que son père ? Parfois, entre deux chansons, dans le silence courbe du silo, Pampa contemple la guitare entre ses mains. « Fourminoire », « terrier », pense-t-il. Tout à coup, elle lui devient étrangère et il ne sait plus quoi en faire. L'étrangeté sort de la guitare, en rend les contours nets, scintille de cette lumière mauvaise que tout objet contient et cache, et inonde la solitude géométrique du silo. Alors, l'étrangeté et l'objet sont une seule et même chose et Pampa sent qu'il manque d'air, il ne sait pas quoi en faire et ne sait pas quoi faire de ses poumons qui eux aussi deviennent nets dans l'obscurité de son corps. Plongé dans cette quiétude devant la guitare, il est perplexe, abattu. Comme s'il voyait tout à coup dans cet objet incompréhensible la fatigue des choses. La fatigue. Comme s'il découvrait tout à coup que le monde a déjà pris fin, et que ce qu'il vit n'est qu'un écho, une distance parcourue, une vitesse qui doucement s'arrête, et que cet objet qu'il tient dans sa main n'était qu'une sombre relique, un moignon. Alors il lui faut s'en servir, lui retirer ce soudain mystère. Il réagit à la menace. Il fait un grand effort et se remet à jouer, se remet à chanter. Il se dépêche, chante mal, joue encore plus mal. Il chante faux. Jusqu'à ce que la menace passe son chemin car dans la plaine, toujours, presque tout, passe son chemin.

*

Il fait déjà nuit quand Pampa arrive de nouveau au lac. Il a suivi le chemin de terre mais il ne s'arrête pas au même endroit que la fois précédente. Il contourne l'étendue d'eau et s'enfonce dans une tranchée bordée de grands arbustes, le lit sec d'un ancien ruisseau. Il se gare là où il guette d'habitude les pêcheurs à la sauvette qu'il n'a jamais vus.

Pourtant, Pampa ne va pas rester dans la camionnette. Il met son blouson, son écharpe, et range ses gants dans sa poche. Il vérifie son arme de service, sort une lampe, la gourde et le casse-croûte, et boucle son tour du lac à pied. Cette fois il ne compte pas ses pas et ne marche pas non plus comme s'il le faisait. Il avance vite, cherche dans l'obscurité. Quand il aperçoit enfin le corps de la fille, toujours pendu à l'arbre, il est soulagé. Une fois près du corps, il cherche le meilleur endroit pour se cacher et passer la nuit. D'abord à ras du sol, entre les buissons. Un trou, un creux quelconque. Puis il lève les yeux et regarde la cime des arbres. À une dizaine de mètres, Pampa découvre un ombú qui s'entortille et grossit en se nourrissant de son ombre. Il ne se rappelle pas l'avoir remarqué plus tôt, mais c'est ainsi que les ombús apparaissent. Ils sont, dans la plaine, ce qu'il y a de plus réel et de plus fantasmagorique. Pampa le choisit pour plusieurs raisons. D'abord parce que, depuis sa cime touffue, il pourra voir sans être vu ; parce qu'il pourra y monter et en descendre facilement ; ensuite et surtout parce qu'il n'aura pas à voir, dans la nuit, la masse même de l'ombú. C'est une des rares choses que son père lui a apprises. Quand dans la plaine apparaît un ombú et qu'on va passer la nuit dehors, il faut s'éloigner jusqu'à le perdre de vue ou s'approcher jusqu'à ce qu'il disparaisse.

Agile et expert, Pampa monte dans l'arbre et s'installe sur une branche épaisse. Il s'est toujours senti plus adroit dans l'ombre qu'en pleine lumière. Comme si ses muscles étaient aussi timides que lui. Enveloppé dans le feuillage de l'ombú, il cherche la position qui lui offrira le meilleur point de vue. Il soupire et l'air qui sort de sa bouche se voit. Le corps est là, calme, comme s'il flottait dans la nuit, qui a déjà subitement acquis cette consistance qui annule l'importance des heures. Il fait nuit, point. Et dans la nuit, Pampa surveille. La fille est une tache noire et, devant son regard fixe, elle semble auréolée d'une lueur rouge sombre phosphorescente. Elle a l'air d'une tache à l'intérieur de ses yeux et pas là, au dehors. Pampa fait un effort et cesse de regarder, car il sait que s'il manque les détails, son œil invente et ça ne lui sert à rien. Entre les branches les plus hautes, il voit le ciel. Pas de lune. Beaucoup d'étoiles, de grosses taches blanches qui se dispersent. D'elles vient le froid, mais du sol aussi. Adossé au tronc, il sort un sandwich du Tupperware et mange lentement. Du pain fait maison avec d'épaisses tranches de saucisson et un fromage dur et piquant. Il mâche chaque bouchée comme si c'était la dernière, il la fait durer. Il sait que la nuit sera longue.

*

Dès le début, depuis les premiers exercices de tir, Pampa Asiain a su qu'il était très doué. Mais dès le début aussi, il a su qu'il était préférable de le garder pour lui. Les raisons de cette décision n'étaient pas claires. Il lui semblait tout simplement qu'il devait être le seul à le savoir, que le tir n'était pas une chose à partager.

Pampa n'aime pas tirer. Il n'aime pas l'expérience physique du coup de feu. Il ne se sent pas non plus à l'aise avec l'odeur de la poudre, avec la vibration qui résonne dans son corps. Ce n'est pas qu'il ait peur des armes. C'est juste que c'est trop de boucan, trop de confusion. Mais il y a des jours où il ne peut l'éviter. Où, comme la guitare, l'arme devient un objet étranger, accroché là à sa ceinture sur la chaise, ou là sur la table, huilée et propre. Alors, il doit faire feu, tirer. Il monte sur sa vieille Honda 100 et se perd à travers les chemins de la région. Il cherche les champs les moins entretenus, les étendues les plus solitaires. Il cherche à l'horizon l'inflexion de la terre. Il gare sa moto et marche sans but. Il s'arrête. Contemple un long moment les alentours, le corps rempli de ressorts minuscules. Puis dégaine son Beretta 9 mm et vise. Bien qu'il n'y ait pas de cible, Pampa saisit l'arme des deux mains, tend les bras devant lui et vise. Et tire. Tire une, deux, trois fois. Tout au plus cinq tirs espacés. Ils retentissent sans écho, ils se perdent, et ce n'est qu'après avoir perdu le premier que Pampa passe au suivant. Puis, quand le silence restauré lui bourdonne dans les oreilles, que le Beretta est redevenu le Beretta, fumant et chaud entre ses mains, Pampa recherche l'ombre d'un arbre et mange un bout assis au pied du tronc, tandis que cette vibration le quitte. Les balles sont tombées bien plus tôt, quelques secondes après le tir, mais pour lui leur trajectoire ne s'achève qu'à ce moment-là, quand la sensation disparaît. Il vibre avec la trajectoire et la matière, il fait corps avec elles. Un instant après, calmé et satisfait, Pampa ferme les yeux et s'assoupit un peu. Il ne dort pas beaucoup. Quand il se réveille, il retourne là où il a tiré et marche en ligne droite, comptant ses pas. Parfois, il lui faut faire un kilomètre et demi, voire davantage. Ça dépend du vent. Il marche en regardant le sol. Il cherche les balles. Il peut y passer des heures, il se peut même que la nuit tombe. Alors Pampa se transforme en une entité au croisement exact entre un animal et un insecte. Une créature qui avance à quatre pattes au milieu de la plaine, lente et méticuleuse, une lampe à la bouche. Une bête ultra concentrée de la taille d'un grand chien, la bouche luisante, qui se déplace en cercles obsédants, qui ne se repose pas, ni ne se laisse distraire. Pampa ne part pas tant qu'il n'a pas retrouvé toutes les balles qu'il a tirées. Plus tard, dans sa chambre, il rangera les projectiles, toujours intacts, ceux qui n'ont atteint aucune cible, dans le tiroir de sa table de chevet. Dans ce tiroir, il n'y a rien d'autre que ces balles, et chaque fois qu'il l'ouvre, elles roulent sur le bois et s'entrechoquent. Pampa le fait sans raison précise. Il n'ouvre ce tiroir que pour y ranger d'autres balles usagées, puis oublie qu'elles sont là. Jusqu'à ce que, subitement, il s'en souvienne.

*

Pampa, à cheval sur la branche de l'ombú, les pieds dans le vide, mange des graines de tournesol pour ne pas s'endormir. Pour ne pas s'endormir et pour ne pas trembler. La nuit est très froide et il fait plus sombre, comme si une brume gelée masquait les étoiles. À dix mètres, le corps de la femme se fond, par moments, dans l'air noir de l'aube.

Les heures ont passé et il n'y a eu aucun changement, aucune nouveauté. Juste la vache, quelque part.

Depuis un bon moment déjà, le mugissement d'une vache perturbe le silence. Il lui arrive sûrement quelque chose. C'est un mugissement douloureux, une plainte. Pampa a tenté d'en estimer la provenance et la distance qui l'en sépare, mais le vent est trompeur et la plaine aussi. Pas la nuit, la nuit ne trompe pas, mais le vent et la plaine, si.

Parfois, la vache semble presque être sous l'ombú, mais au mugissement suivant, elle paraît à des kilomètres de distance, une plainte étouffée et extrême. Est-ce une vache vieille et moribonde, un veau égaré ? Pampa pense soudain que le mugissement devrait provenir du corps de la femme. Pendu là. En décomposition. Il sait que ce n'est pas le cas, Pampa n'est pas dupe, mais il pense qu'il devrait en être ainsi. Que ce corps devrait se plaindre.

La vache gémit à nouveau. C'est un mugissement prolongé, un déchirement qui se rompt sans se taire et qui au lieu de finir semble s'éloigner. Pampa écoute et pense à la fille du quincaillier, pendue là, morte. Il la regarde et pense à elle. Comment s'appelait-elle ? Les âmes en peine, Pampa n'y connaît rien, mais il pressent la peine des corps. De temps à autre, le vent glacé de la nuit lui apporte une odeur de décomposition. La forme humaine se maintient encore, suspendue dans les airs, bien qu'elle soit déjà devenue autre chose. Et c'est cette autre chose qui attire l'ombre que Pampa voit maintenant, rampante et sournoise, tapie entre les racines et les herbes hautes.

À sa taille et à sa façon de bouger, Pampa devine une *comadreja*. Un spécimen de grande taille, de ceux qu'on voit rarement tant leur lenteur les a rendus méfiants. Mais cette nuit-là, le rongeur rétrécit devant le prodige d'une chose plus grande que lui. Ce corps. La *comadreja* approche, avance, recule. Étire sa petite tête dans l'obscurité et hume l'air. Pampa retient sa respiration. Il ne veut pas lui faire peur. Il ignore pourquoi mais il ne veut pas. Lui, ce n'est pas cet animal-là qu'il attendait, par conséquent il ne doit pas intervenir. Pampa attend, attend et se dit qu'il attend autre chose, que la *comadreja* peut bien faire ce qu'elle veut, peu importe. Le corps pend et se transforme en quelque chose d'autre, la bête renifle l'air avec des mouvements de tête nerveux, la vache mugit au loin, invisible. Le corps, la *comadreja*, la vache, pense Pampa. Une goutte s'est formée au bout de son nez et il l'essuie d'un revers de manche. Il bloque sa mâchoire et serre les dents, chasse le froid et les idées. Mais le froid et les idées, les images, reviennent et se mélangent. Alors la *comadreja* geint, le corps de la fille du quincaillier hume l'air de la nuit, et la vache au loin se transforme en quelque chose d'autre. De quoi la *comadreja* se plaint-elle ? Le corps sent-il les odeurs fortes qui émanent de lui ? En quoi la vache se transformera-t-elle ? Pampa, doucement pour ne pas faire de bruit ou perdre l'équilibre, se penche, sort son arme et vise un point dans la nuit. Il ne vise rien en particulier, mais il vise au-dessus du lac. Et par-delà la cible s'ordonnent les pensées.

Le mugissement de la vache, petit à petit, fait corps avec la nuit. Et petit à petit, la *comadreja* prend confiance, referme le cercle. Elle est maintenant sous le corps et sa tête se renverse en arrière comme si soudain un dieu lui était révélé. Assise sur sa queue, elle se dresse en équilibre et ses pattes courtes et élastiques, brassant l'obscurité, l'aident à garder l'équilibre. Elle s'étire, et finalement elle y arrive. Elle touche l'extrémité d'un des pieds. Pampa espère un instant que l'animal ne mangera pas ce corps mort depuis de trop nombreuses heures, mais il se trompe. La *comadreja* mord, et cette seule morsure suffit pour qu'elle renonce à la traque, au secret, et s'élance. Ses pattes de devant sont à présent appuyées sur les pieds de la jeune fille, la fille du quincaillier, et la bête joue avec en y enfonçant ses dents. Pampa a les yeux remplis de larmes. Il est hypnotisé, incapable de bouger. Mais il sait qu'il ne doit pas bouger. À travers ses larmes, il voit l'ombre dressée de l'animal, énorme, et en une seconde d'aveuglement humide, en un clignement de paupières libérant une larme, sa vision a changé. La *comadreja*, la silhouette dressée de la *comadreja*, semble maintenant celle d'un enfant. Un enfant difforme, ses bras courts et sa tête toute petite. La vache n'est plus qu'un râle lointain, et Pampa n'entend rien d'autre que le bruit sourd de la viande qui se déchire, le claquement des dents qui brisent les minuscules os du pied.

Voilà ce qu'est maintenant le silence. Le silence de la nuit qui l'étourdit et l'aveugle.

Se peut-il qu'il y ait tant de nuit entassée dans ce seul instant ?

Pendant plusieurs minutes, l'enfant difforme mange, concentré, de son appétit mécanique, rythmique. Alors Pampa vise à nouveau et tire.

*

Pampa Asiain, par nature et à force d'entraînement, se méfie de l'imagination. Au long d'innombrables après-midis mortels, où la seule chose vivante était le moignon de son père, Pampa, caché sous la table de la cuisine, a appris à ne pas se laisser faire par elle. Depuis ce temps là, chaque fois qu'il sent le vertige du vide monter ou descendre dans son corps, il essaie de le contrôler, de l'écraser entre ses dents. Parce que Pampa serre la mâchoire chaque fois qu'il se laisse aller à l'imagination. Il n'est pas naïf. Il sait bien qu'il ne pourra pas l'éliminer. Mais au moins il ne s'abandonne pas à l'enthousiasme. Il la laisse exister et se languir. Il la méprise. Aussi loin qu'il s'en souvienne, elle n'a jamais donné rien de bon. L'imagination a toujours produit en lui un sentiment confus et tumultueux. Écrasant. Comme s'il y avait tout à coup trop de sang dans son corps. Que lui arrive-t-il, au sang, quand l'esprit imagine ? Il change de densité, de couleur, de vitesse ? Dans le moignon de son père, le sang palpitait. Pampa a sur son corps des cicatrices que personne ne connaît.

*

On n'entend plus l'agonie de la vache, on ne voit plus l'ombre de la *comadreja*. Le coup de feu a lavé la nuit, l'a laissée vide, immense, gelée. Seul le corps de la fille du quincaillier, pendu à l'arbre, seul Pampa, à dix mètres de là, sur la branche de l'ombú. Il a rangé le Beretta, dont il sent la tiédeur lui réchauffer la jambe à travers ses vêtements. L'odeur de poudre le tient un instant éveillé, et ce fichu projectile qu'il ne retrouvera jamais. Mais l'odeur s'estompe dans la froideur de l'aube et le dégoût avec. Reste alors la nuit. Pampa, qui n'est pas homme à s'illusionner, sait bien qu'il ne pourra éviter de s'endormir. Il envisage de descendre de l'arbre, de retourner dans la camionnette. Mais tout comme il sait qu'il va s'endormir, il sait aussi que s'il fait ça, s'il descend de l'arbre et va dans la camionnette, il ne s'endormira pas. Alors, les options sont les suivantes : rester là et s'endormir sur l'ombú, au risque de tomber, ou retourner dans la camionnette et passer toute la nuit éveillé, plus confortablement mais obsédé par ce qui pourrait arriver au corps de la fille du quincaillier. Pampa décide de rester là. Il se fie plus à son adresse physique, son équilibre corporel, qu'à son cerveau. Il choisit cette insomnie-là. Et en la choisissant, il porte une graine de tournesol à sa bouche et l'y laisse. Il en savoure le sel, la fait tourner avec sa langue, et après un long moment la recrache sans la manger. Il le refait encore une fois. Il joue avec la graine dans sa bouche, la coince entre ses dents comme s'il allait la croquer, puis la recrache. Il ne tient plus le compte des fois où il le fait. Il y a d'autres comptes encore qu'il ne tient plus, ses yeux se ferment et il s'endort. Il rêve qu'il est la *comadreja*. Un rêve qui se répètera au fil des heures, par bribes, fragments intenses. Il est la *comadreja*, dressée et éloquente dans l'obscurité, et il ne sait pas s'il parle ou s'il mâche.

*

Pampa ne sait pas, il n'en est pas sûr et n'a jamais osé le demander à sa mère. Quand elle est tombée enceinte, son père avait-il déjà perdu sa jambe ? Ce que Pampa veut savoir, c'est la chose suivante : a-t-il été engendré par un homme avec une seule jambe ? Et si oui, est-il possible qu'il lui en reste quelque chose ? Une absence, un fantôme, quelque chose d'incomplet. Ou au contraire, quelque chose en trop, qui ne le laisse pas s'asseoir, marcher, se coucher comme la plupart des gens. Une inquiétude. Dans son demi-sommeil pendant les gardes, dans ses réveils abrupts à l'aube et dans le silence de sa chambre, Pampa peut être gagné par cette pénombre dans les yeux. Là, sans crier gare, il peut se retrouver sous la table de la cuisine. Son souvenir exagère la pénombre, mais pas la noirceur du moignon. Parfois, Pampa se dit que oui, que son père avait déjà perdu sa jambe. Parfois, il pense que non. Aucune des deux possibilités ne le satisfait pleinement.

*

Quand il se réveille sur l'arbre, Pampa vacille. Pas à cause du réveil soudain, chose à laquelle il a été entraîné pendant des années, mais à cause de l'air qui a changé. Le froid reste le froid, mais il y a plus de vent. Et d'obscurité. Une obscurité palpable. Pampa regarde le ciel entre les branches humides de l'ombú et voit le ciel couvert de nuages. Des nuages qui bougent et ne montrent plus leur peau lointaine et grise mais leurs entrailles rougeâtres. L'obscurité n'est plus seulement palpable mais a maintenant pris de la vitesse. Il baisse les yeux et cherche au loin le corps pendu de la fille. Il croit le deviner, il croit que c'est la seule ombre immobile parmi les ombres que le vent agite. Ce n'est qu'à dix mètres, mais la nuit soudain imprévisible le fait se sentir plus fragile en haut de l'arbre. Pampa parvient à peine à voir le bout de la branche sur laquelle il est assis, le scintillement de la rosée et le givre sur les feuilles. Mais son inquiétude n'a rien à voir avec ce qu'il voit ou ne voit pas. Est-ce encore la même nuit ? Certainement, et pourtant il ne peut s'empêcher d'en douter, de se poser la question. Il descend de l'ombú à la recherche d'une réponse.

Une fois à terre, il allume sa torche. Il éclaire, parcourt, trouve. Au-delà du va-et-vient des prés mouillés, il y a le corps de la fille du quincaillier pendu à l'arbre. Pampa sent un pincement à l'estomac, comme si quelque chose se cachait à l'intérieur de lui. Le corps de la fille du quincaillier est là, oui, au même endroit, par conséquent c'est bien la même nuit. Mais le vent l'a retourné et il ne lui tourne plus le dos à présent. Il lui fait face. Pampa ne peut voir son visage, masqué du fait de la torsion du cou et des cheveux lâchés, mais cela ne l'empêche pas de penser que tandis qu'il dormait, le corps de la fille le surveillait. Il se sent pris en faute. Une culpabilité qui l'oblige à déjouer la peur et à se mettre en mouvement. Il y va. Il marche à tâtons entre les herbes et les racines sans cesser d'éclairer le cadavre. Son corps est durci par le froid et les heures passées sur l'arbre. Il a mal aux os, la peur lui raidit la mâchoire et le pousse à imaginer. Il trouve cela incroyable de ne pas avoir eu peur avant, mais il trouve tout aussi incroyable de ne pas avoir peur maintenant. S'il cessait d'éclairer le corps, s'il cessait de le faire ne serait-ce qu'un instant, Pampa sait qu'il partirait en courant, qu'il ne pourrait pas se retenir. Il avance. Il arrive. Il est déjà face à lui, moins d'un mètre les sépare. Le visage toujours un peu caché, comme s'il avait honte, semble occulter un maquillage encore frais. Quelque chose tombe, goutte à goutte. L'odeur est forte. Les petits os dépassant du pied qui a été rongé semblent absorber la lumière de la lampe. Pampa a encore envie de courir, mais il sent que ses jambes ne lui obéiraient pas. Il passe de la faiblesse à la nausée et de la nausée à la faiblesse. Et alors, de but en blanc, comme si la peur était un ressort de sa mémoire, Pampa se souvient du prénom de la fille. Il tend la main. Touche une des jambes, l'effleure à peine. La douceur de la peau donne froid dans le dos, elle est irréelle, humide à cause de la gelée. Il répète le geste, sans conviction, il ne sait plus ce qu'il fait. Pampa s'efforce d'être un bon policier.

La seule fois que Pampa a vu sa mère maquillée, c'était à son enterrement. Une voisine pieuse avait mis du brillant sur ses lèvres, rougi ses joues, transformé la décoloration naturelle de la mort en une pâleur artificielle. Mais ce qui a le plus perturbé Pampa, ce sont les yeux, leurs contours dessinés, étirés par des ombres qui semblaient naître à la courbure des cils. Pourquoi maquiller des yeux qui ne s'ouvriraient jamais plus ? Pourtant, le maquillage, c'est pour les morts. Pampa a pleuré et on l'a consolé. Plus tard, dans la solitude de la nuit, il aurait voulu nettoyer le visage de sa mère mais il avait peur de ce qu'il aurait pu trouver. Mieux valait que sa mère ne ressemble pas trop à sa mère. C'était mieux comme ça. Il avait presque envie de l'enterrer et de ne plus jamais la voir. Voilà, c'est avec ces sensations-là que Pampa a dit au revoir à sa mère. Ce dernier soir, il a eu pour unique compagnie une vieille inconnue qui, vissée sur une chaise, mêlait les pleurs aux ronflements.

*

Le jour se lève, est en train de se lever. Le vent apporte de nouveau les plaintes de la vache, mais Pampa ne les entend plus. Près du lac, le corps de la fille du quincaillier pend, solitaire. La branche de l'arbre craque sous le vent et à cause de ce poids qui grandit, car, les heures passant, le corps est devenu plus lourd. La vache se plaint et la branche craque. Le lever du soleil est gris et venteux. Il fait froid, très froid.

Pampa est incapable de voir ou d'entendre tout cela car, malgré lui, il n'est plus là. Gêné par cette première clarté, il roule maintenant en direction du village. Il a passé les dernières heures de la nuit près du corps, à lui tourner autour, essayant de repérer quelque chose qu'il n'aurait pas encore vu. La lampe allait et venait. Corps, corde, arbre. Trop de fois. Maintenant, Pampa Asiain conduit, il retourne au poste sans savoir encore ce qu'il va faire. La peur a disparu, et avec elle tout le reste. On est bien, dans l'habitacle du véhicule, la chaleur l'émeut, libère son corps de la nuit. Et avec la nuit de tout le reste. Pampa se sent vide, et le vide lui redonne la perception de son propre corps. Sa tête lui pèse. Lui pèse beaucoup. Il peine à la maintenir droite. À l'horizon, de toutes parts, la clarté du jour croît imperceptiblement et emplit toujours plus le vide de son corps. Au bord de l'évanouissement, Pampa pense au sommeil blanc dont parlent les camionneurs. S'endormir les yeux ouverts, ça l'a toujours terrifié. Pas par peur de mourir, dans un possible virage où l'on se réveillerait en mourant ou mourrait en se réveillant. Ce que Pampa craint, c'est ce que ces yeux ouverts pourraient voir. Où vont ces images ? Quelle place occuperaient-elles dans son crâne ? La clarté est presque insupportable et Pampa secoue la tête, ou croit qu'il le fait...

Sur la route solitaire, le véhicule dévie à peine de sa trajectoire et mord le bas-côté. Alors Pampa réagit, surréagit. Il tourne le volant et appuie sur le frein. La camionnette violemment secouée se retrouve en travers de la chaussée. Pampa se passe les mains sur la figure, tremblant. Il s'est endormi en conduisant et ça ne lui était jamais arrivé. Il se sent dépassé. Pourquoi n'a-t-il pas prévenu, pourquoi n'a-t-il pas appelé le poste ou Trenque Lauquen quand il a découvert le corps ? Qu'a-t-il voulu faire ? Que va-t-il faire ? Pampa a les yeux grand ouverts et les sourcils levés. Il a l'air médusé. Médusé en plein milieu de la route, rien ne bouge autour de lui, à part l'immense ciel gris. C'est comme s'il était entré dans le sommeil blanc et qu'il ne pouvait plus en sortir. Et, au centre du sommeil blanc, Gretel Castellanos, la fille du quincaillier, le regarde en face.

Je suis l'hiver.
Je suis l'hiver.
Je suis l'hiver.
Je suis l'hiver.
Je suis l'hiver.

Chapitre 2
Pampa, Gretel

GRETEL Castellanos, en son bref passage sur cette terre, n'a jamais beaucoup pensé au bonheur. Ni au malheur, quoiqu'un peu plus. Parfois, elle savait que le malheur était fait pour elle, que c'était quelque chose de concret qui modelait son corps, ses traits, et la remplissait par moments d'une sombre fierté. Parfois, elle l'oubliait, et l'oubli alors était comme un sort qui agissait sur elle et quiconque l'approchait. L'oubli aussi modelait son corps et ses traits, l'embellissait.

Le jour de ses quinze ans, pendant la fête, entourée de sa famille et de ses amis, avec la musique, les lumières et les gens qui dansaient autour d'elle, pour quelques heures, elle a pensé au bonheur. Elle se disait : « Je suis heureuse. » Mais jamais elle n'a pensé au malheur avec autant d'intensité qu'au petit matin, seule dans sa chambre, la tête qui tournait après les coupes de cidre et les verres de bière qu'elle avait pu boire malgré la surveillance de son père. Ce matin-là, elle a pleuré. Il n'y avait aucune tristesse en particulier. Juste une sensation de vide et ce tournis qui l'obligeait à rester assise sur son lit.

Elle avait enlevé ses chaussures, mais pas ses habits. Elle portait encore l'abominable robe blanche de la fête. Elle avait l'impression d'avoir été prise au piège, et que ce piège n'était autre que la robe qui la serrait. Les plis du tissu crissaient et, dans le silence de l'aube, ces frottements étaient comme un battement d'ailes moribond. Les images de la soirée lui revenaient encore et encore, et tout ce qui lui avait paru merveilleux quelques heures plus tôt lui semblait triste à présent. La valse avec son père, le moment où Joaquin l'avait fait danser et que ses camarades avaient crié et applaudi, les cigarettes partagées dans les toilettes avec Fernanda en se jurant une amitié éternelle. Enfin, triste, pas vraiment, plutôt comme si c'était arrivé à quelqu'un d'autre. Et pour Gretel, il n'y avait rien de plus sinistre que cette étrange distance. Pendant des mois, elle avait rêvé de cette soirée, et cette soirée était passée, s'était volatilisée, ne lui laissant que la nausée de l'alcool. Dans la pénombre de sa chambre, abattue et incapable encore d'enlever sa robe, malgré sa gêne, Gretel a découvert, avec sa cuite solennelle et inaugurale, qu'elle était pleine d'amour et de haine. Et que l'amour et la haine étaient pour elle interchangeables. Elle l'a su dès qu'elle a tenté de vaincre son tournis, sentant la douleur lui monter dans le cou. Et elle l'a aussitôt oublié, alors que le mal de tête balayait déjà tout son crâne. Elle est allée aux toilettes. A essayé de vomir, mais impossible. A bu plusieurs verres d'eau pour tenter de calmer sa soif profonde et se débarrasser du goût amer de bière et de cigarette. Un, deux, trois verres d'eau. Et à chaque verre, elle oubliait encore un peu plus. Au bout d'un moment, protégée et embellie par l'oubli, elle s'est enfin endormie.

*

Par la grande fenêtre du poste de police rural, on peut voir en partie la rue principale de Monge. De temps en temps, le vent tempétueux du matin, coupant et froid, soulève des nuages de poussière sur l'asphalte fissuré, de petits tourbillons indécis qui meurent au hasard. De l'autre côté de la rue se trouve le bar de Rocha, où Pampa et Andrés Parra commandent habituellement leur repas. Il est toujours vide à cette heure, excepté Rocha qui passe la serpillière, tordu par les rhumatismes, les chaises à l'envers sur les tables. À côté du bar, il y a le local étroit et sombre d'Isasmendi Seguros, qui n'est jamais ouvert mais pas désaffecté pour autant. Par la vitrine, on voit un bureau, un téléphone, une lampe, un ordinateur éteint encore plus vieux que celui qu'ils ont au poste, des affiches et des calendriers aux murs datant d'au moins vingt ans, et un fauteuil tournant où Pampa n'a jamais vu s'asseoir personne. Puis il y a la maison d'Isasmendi, aussi fermée que le local, même davantage, aux rideaux toujours clos, où le seul signe de vie est précisément cette fermeture obstinée. La maison d'Isasmendi est à un angle, et il n'y a de trottoir que du côté de la rue principale, la seule goudronnée. Ensuite commence le chemin de terre battue. C'est ce que voit Pampa par la fenêtre depuis son côté à lui du bureau, et c'est ce qu'il voit en ce moment même, tout en pensant à ce qu'il ne voit pas. Cinquante mètres plus loin, sur cette même rue principale qui longe encore trois pâtés de maisons jusqu'à la voie ferrée et la gare abandonnée, se trouve la quincaillerie de Castellanos. Pampa fait l'innocent, comme s'il n'avait pas en mémoire la pénombre de la boutique, cette pénombre propre aux endroits où s'entassent des objets de toutes tailles, une ombre métallique lourde de tiroirs et d'étagères qui débordent. Il essaie de faire comme s'il ne savait pas qu'en s'approchant, la première chose qu'il verrait serait la tête de Castellanos, d'un blanc éclatant, tournée vers la petite télé posée sur l'une des plus hautes étagères. Combien de fois est-il entré ? Combien de fois a-t-il parlé avec Castellanos ? Et pendant ce temps-là, le corps de sa fille reste pendu à un arbre près du lac.

« Pampa, je crois qu'il va falloir que je te donne une bonne paire de claques. »

Pampa cesse de regarder par la fenêtre et se tourne vers son collègue.

« Ne me regarde pas comme ça, insiste l'adjudant sous-officier Parra. Ta tête d'idiot, ça me tue. Qu'est-ce qu'il va dire, Galíndez, s'il te voit comme ça ? »

Pampa esquisse un sourire. Du moins c'est ce qu'il croit. Que dirait Galíndez s'il savait ce qu'il a trouvé, ce qu'il fait, ce qu'il cache ? Il approuverait certainement son silence, son attente. Il approuverait qu'il l'ait laissée seule. De temps en temps, des frissons dus à l'insomnie, comme des impulsions, semblent vouloir lui rappeler qu'il doit se mettre en mouvement, agir en adjudant sous-officier de police. Mais la secousse passe et, la bouche asséchée par la panique, Pampa s'étonne, car cette fois encore il n'a pas bougé, cette fois encore il reste là, assis sur sa chaise, à contempler le matin qui passe, essayant de sourire à son camarade qui maintenant fait non de la tête.

« Je vais préparer du maté, Pampa. Quel besoin de passer la nuit comme ça, dehors. Les gens ne font plus ce genre de choses. »

L'adjudant sous-officier Parra remue à nouveau la tête. Puis il se lève et s'étire, se délasse.

Pampa reste seul. Le bar de Rocha, le local d'Isasmendi Seguros, la maison d'Isasmendi, la rue en terre. Tout en entendant Parra s'affairer dans la petite cuisine, il pense à allumer la radio. Il tourne le bouton mais ne capte aucune station. Rien d'autre que la friture avec laquelle ils ont appris à cohabiter. Il recommence et réussit à détecter une voix d'homme. À sa façon de parler, à son ton, on comprend que ce qu'il dit est drôle, un genre de blague. Mais Pampa ne sait pas en quelle langue il parle. La voix se perd, par moments. Comme si l'homme ne prononçait que des consonnes. Mais rien qu'au ton, à la façon de parler, Pampa retente un sourire. Du moins, c'est ce qu'il croit. Et alors qu'il entend maintenant des rires enregistrés se confondre avec le grésillement, il agit en adjudant sous-officier. La grande fenêtre, le bar de Rocha, le local d'Isasmendi Seguros, la maison d'Isasmendi, la rue en terre et, plus loin, la quincaillerie de Castellanos. Pampa veille, laisse la défiance gagner des lieux que lui ne peut encore atteindre.

*

À son arrivée à Monge, après avoir retrouvé Parra et passé sa première nuit, en se levant à l'aube pour pisser à l'arrière du poste de police, Pampa s'était rendu compte qu'il connaissait déjà ce village. L'ombre exacte des maisons, quelques rues ramassées, puis plusieurs fermes éparpillées stratégiquement dans la plaine, au-delà de la gare abandonnée. Tout tenait là. Le village n'était rien d'autre et c'était suffisant. Car où aller ? Cette question l'avait toujours taraudé. Non pas qu'il y ait urgence, qu'il sente le besoin de s'en aller, de fuir, de découvrir. Non. La question le taraudait parce qu'il n'y voyait pas une question.

Sa mère était morte quatre mois auparavant. Après l'enterrement, Pampa avait eu la surprise de découvrir que la maison où il avait habité toute sa vie n'était pas à eux, qu'ils la louaient, et quand le propriétaire, le plus inconnu de tous les inconnus qu'il ait jamais rencontrés, l'a abordé pour lui demander ce qu'il comptait faire, il a tardé à comprendre ce dont il s'agissait. L'homme avait l'air bon et semblait gêné par la situation. Le silence de Pampa n'aidait pas, et le propriétaire, pressé, a fini par lui dire, avec un geste amical qui lui hérissait les poils sur la nuque, qu'il pouvait prendre quelques semaines pour se décider. Quelques semaines plus tard, quand l'homme s'est lassé de téléphoner sans que personne ne réponde, il est allé dans la maison et l'a trouvée vidée. Vidée, pas vide, car Pampa avait laissé les meubles et n'avait emporté que les vêtements, la vaisselle, ses effets personnels et ceux de sa mère, ce qu'il restait de son père.

Alors où aller ? Pourquoi faudrait-il aller quelque part ? Ce premier matin, dans les rares rues de Monge, même le vent semblait indécis. Les coqs ont chanté jusqu'à midi, incrédules.

*

Les tourbillons de poussière, de près, ne sont pas des tourbillons. Debout au bord de l'asphalte de la rue principale, Pampa mesure ses prochains pas. Il est sorti du poste de police parce qu'il ne supportait plus le bavardage de Parra, qui semblait vouloir se vider de tous les mots qu'il n'avait pas dits pendant la nuit. Quand va-t-il apprendre à parler tout seul ? se demande Pampa, agacé. Pourtant, il n'est pas dupe. Il s'agace encore plus lui-même, car il pouvait sentir le secret dans sa gorge, dans la sécheresse de sa bouche. Il était sur le point de tout raconter à Parra, et ça aurait été la fin de tout. Parra n'aurait pas hésité à appeler Trenque Lauquen, il n'aurait pas compris ce qu'il faisait. Alors Pampa est sorti, et maintenant il mesure ses pas. Il sent sur sa nuque le regard de Parra qui, depuis son côté à lui du bureau, doit être en train de le scruter comme quand il a de bonnes cartes en main et qu'il est sur le point de gagner la partie. Il a dit qu'il allait chez lui se laver et changer de vêtements, mais cela lui en coûte. Comme s'il avait peur de rater quelque chose. De baisser la garde. Maintenant, il faut bien qu'il aille quelque part. Il évalue les options. Il y en a peu, à Monge. Il y a très peu d'endroits où aller. Devant lui, Rocha, entouré de tables et de chaises retournées, en a fini avec la serpillière et l'observe par la vitrine du bar. Ça fait décidément trop de regards. Pampa le salue de la tête et se met en route, se laisse porter par ses jambes. Il traverse la rue principale en diagonale, la rue en terre, puis monte sur le trottoir. Il fait encore cinquante mètres jusqu'à la porte de la quincaillerie et entre.

« Bonjour monsieur l'agent, je peux vous aider ? »

Castellanos ne regarde pas la petite télé posée sur l'une des plus hautes étagères. C'est un homme grand aux cheveux blancs, très soigné, qui s'efforce d'être aimable pendant que ses mains sont toujours occupées à autre chose. De grandes mains osseuses entrelacées, appuyées sur le comptoir, tapotant leurs pouces l'un contre l'autre.

« Bonjour », répond Pampa, qui ne cherche même plus à le reprendre. Tout le monde au village les appelle « monsieur l'agent », Parra et lui. « J'aurais besoin d'un joint pour le robinet de la cuisine au poste. »

Cette demande n'est pas le fruit d'une improvisation. Cela fait plusieurs semaines qu'ils doivent le changer, mais ils oublient systématiquement. Chaque fois que l'un va à la cuisine, il dit à l'autre d'y penser, et l'autre approuve, pourtant ils finissent par oublier tous les deux.

« Un joint ? »

La question décontenance Pampa, qui ne connaît pas suffisamment Castellanos pour savoir qu'il est méticuleux et enregistre les informations si lentement qu'elles ressortent par sa bouche sous forme de questions.

« Oui, un joint. »

Castellanos hoche la tête et se dirige vers l'un des meubles à tiroirs. Il en sort plusieurs et les examine. Il en met certains de côté et en choisit d'autres. Il revient.

« Et voici. Vous avez intérêt à en prendre plusieurs, ils ne sont pas chers. Sept pesos l'unité. » Castellanos les lui montre : il les pose l'un à côté de l'autre sur le comptoir. Il y en a cinq. « Ça fait trente-cinq pesos. »

Pampa acquiesce. Il sort son portefeuille et compte un à un les billets. Il essaie de gagner du temps, à présent. Castellanos s'en rend compte. Il a quelque chose d'un chronomètre : jamais il ne s'apercevra si on lui ment ou si on lui dit la vérité, mais il saura sans hésitation reconnaître celui qui fait exprès de s'attarder ou de se presser.

« Excusez-moi, monsieur l'agent, votre collègue ou vous-même savez changer un joint ? »

Pampa, surpris dans sa manœuvre dilatoire mais pas dans son secret, laisse glisser un « non ». Castellanos sourit.

« Ne vous en faites pas, monsieur l'agent, il n'y a pas de quoi avoir honte. Presque plus personne ne sait faire ça de nos jours. Vous n'avez pas remarqué que les robinets fuient partout tout le temps ? » Le quincaillier accompagne sa question d'une grimace, tandis que ses mains poursuivent leurs petites affaires, sur le comptoir. « Laissez, je m'en occupe. Attendez, je vais chercher mes outils et on le fait tout de suite. »

Pampa se retrouve seul et, à présent que la haute silhouette de Castellanos a déserté le comptoir, il prend conscience pour la première fois que le local n'est pas aussi petit qu'il l'avait cru. Les étagères se perdent dans le fond, et les pas du quincaillier résonnent comme s'il empruntait un couloir sans fin.

*

La mère de Gretel Castellanos est morte quand elle avait neuf ans. À partir de ce moment-là, il n'y avait plus que son père et elle. Après la douleur et la détresse qui ont suivi la mort de sa mère, il lui est arrivé des choses somme toute pas si mauvaises. À l'école primaire par exemple, les maîtresses ne lui parlaient pas de la même façon qu'aux autres, et ses copines oscillaient entre la peur et la curiosité. Aux garçons, en revanche, elle faisait peur, point. Et ça, ça lui plaisait.

Jusqu'à la fin de la primaire, Gretel parcourait tous les jours le même chemin pour aller à l'école, dans la Ford de son père, tous deux, en silence, écoutaient la radio. Quarante-cinq kilomètres depuis Monge jusqu'à Trenque Lauquen. C'était pour elle le moment le plus long de la journée, encore plus long que les dictées et les cours de mathématiques. Ils avaient fait le même trajet pour aller à l'enterrement de sa mère. Eux deux, la camionnette, le silence, l'animateur radio qui semblait commenter les mêmes nouvelles et passer les mêmes chansons. Elle se rappelait encore cette question et n'y trouvait toujours pas de réponse : pourquoi l'avaient-ils emmenée si loin ? Monge n'avait pas de cimetière, mais pour elle, ça ne comptait pas. Il n'y avait pas de cimetière mais il y avait beaucoup de croix éparses près des maisons les plus éloignées qui, comme des chiens de garde, effrayaient les étrangers. Il y avait même des croix dans certaines des maisons abandonnées de l'autre côté de la voie ferrée, où il lui était interdit d'aller jouer. C'est une de ces croix qu'elle a choisie, blanche et solitaire sous l'ombre d'un peuplier, où le soleil ne donnait qu'à la dernière heure du crépuscule. Gretel n'y amenait pas de fleurs et la regardait de loin, mais elle l'avait choisie.

*

Ils sont là à regarder le robinet comme s'ils s'attendaient à ce qu'il fasse quelque chose d'inhabituel pour un robinet. Castellanos, Pampa et Parra regardent le robinet de la cuisine du poste de police. Le robinet ne fuit plus et tous trois hochent la tête.

Quand il est entré, Castellanos leur a demandé de couper l'eau. Alors Pampa et Parra se sont regardés. Aucun des deux ne savait où se trouvait l'arrivée d'eau. C'est Castellanos qui l'a trouvée en cherchant à genoux sous l'évier. Puis il s'est remis debout dans un craquement de genoux et, avec des gestes lents et assurés, il a démonté le robinet. Il a changé le joint et l'a remonté. Cette fois, ses mains et lui étaient au diapason.

« Merci pour l'aide, don Mauricio. Combien on vous doit ?

– Rien. Votre collègue m'a déjà payé le joint. L'installation est un cadeau de la maison.

– Vous accepterez bien quelques matés, au moins... »

Castellanos agite une de ses mains osseuses en signe de refus tout en enfilant son manteau. Comme s'il saluait aussi. Comme s'il voulait saluer tout le monde d'un seul coup et pour toujours.

« Il faut que je retourne au magasin. Le fils de Bermúdez ne va pas tarder à venir chercher sa commande. »

Alors qu'Andrés Parra insiste, comme chaque fois, pour que reste quiconque est entré, Pampa se repasse mentalement ce qu'il a vu, ce qu'il voit. En traversant la rue principale avec le quincaillier, il a essayé de le voir marcher. Il voulait le voir marcher là, au milieu de la rue venteuse, libre d'obstacles, mais le quincaillier ne lui en a pas donné l'occasion. Il l'a laissé passer devant, l'obligeant à ouvrir la marche avec un vague geste de courtoisie. Quand il est entré au poste de police, le quincaillier n'a pas promené ses yeux à la ronde. Il n'a pas lancé un regard curieux vers la petite cellule du fond. Il a salué Parra et s'est contenté d'attendre qu'on le guide vers la cuisine. Castellanos n'a pas l'air d'un homme curieux. C'est comme s'il manquait totalement de curiosité.

« Merci, don Mauricio. Et n'écoutez pas Andrés. On ne vous en voudra pas de ne pas boire quelques matés avec nous... En revanche, un de ces soirs, vous ne pourrez pas nous refuser une bière chez Rocha.

– Ça, il se peut que j'accepte, si je ne peux pas faire autrement », répond Castellanos, en souriant et en plissant les yeux.

Pampa lui serre la main. Il a hâte de le voir traverser la rue, cette fois c'est la bonne. Castellanos est un homme dénué de curiosité. Qu'est-ce qui, chez lui, a bien pu prendre la place de la curiosité ? Sa boîte à outils à la main, le quincaillier traverse. Le vent décoiffe ses cheveux blancs et le pousse en avant. Pampa le regarde par la grande fenêtre du poste de police, il observe sa démarche. Ses mouvements sont lents mais il marche vite. Pampa se contente de regarder, sans penser à rien d'autre. Il se sent lucide, alerte, inquiet.

« On ne dirait pas mais il a plus de soixante ans », dit Parra, debout à côté de Pampa. Il ne précise pas ce qu'il veut dire par là, s'il lui trouve l'air plus jeune ou plus vieux. « Dommage qu'il ne soit pas resté, j'aurais peut-être pu obtenir le numéro de sa fille », ajoute-t-il en clignant de l'œil.

Pampa n'a aucune réaction en entendant mentionner Gretel Castellanos. Elle ne quitte jamais ses pensées, impossible de le prendre au dépourvu. Le quincaillier a déjà disparu et face à eux la rue principale de Monge luit, déserte, sous l'impartialité grise et froide de midi.

*

Parfois, Pampa croit que Parra pourrait en venir à l'empoisonner. Maté après maté, jour après jour, tous les deux là, à entendre craquer le givre sur les tuiles en hiver, ou seulement les tuiles les chaudes journées d'été. Cela pourrait arriver, comme il se pourrait que ce soit à lui que vienne l'envie d'empoisonner Parra. Deux choses qui sont de l'ordre du possible, mais Pampa estime beaucoup plus plausible que ce soit Parra qui l'empoisonne. La raison en est simple. Parra n'aime pas être seul alors que Pampa, si. Parra a besoin de lui et lui n'a pas besoin de Parra. Pampa sait que Parra serait heureux s'il avait un détenu dans la petite cellule du fond, quelqu'un avec qui discuter, avec qui jouer aux cartes. Mais ils n'ont jamais eu un seul prisonnier. Alors il ne reste que lui, Pampa, empoisonné petit à petit. Juste la bonne dose pour qu'il ne veuille pas partir de là où il est.

Chaque fois que Parra prépare le maté, l'idée de l'empoisonnement lui traverse l'esprit. Et il la chasse, et il boit le maté, et il écoute le givre se fendre ou l'ardoise gonfler à cause de la chaleur. Parfois, Pampa croit que Parra pourrait en venir à l'empoisonner. D'autres fois, quand le maté ne passe pas et qu'il sent une angoisse lui remonter dans l'estomac, il croit que c'est déjà fait, qu'il l'empoisonne à petit feu. Alors il regarde du coin de l'œil la cellule vide du fond et se dit que l'endroit n'est pas si mal pour se laisser mourir.

*

Après le déjeuner, Pampa sort, prétextant une promenade digestive. Cette fois, ils n'ont pas commandé leur repas au bar de Rocha mais sont allés le prendre sur place. Pampa a insisté car il avait besoin de s'aérer. Il était agité. Il avait besoin de réfléchir, bien qu'il ne sache pas très bien à quoi. Chez Rocha, il pouvait se cacher derrière son assiette de gnocchis, derrière les conversations des habitués. Il y avait Emmanuel Blanco, le médecin du dispensaire qui déjeune toujours là-bas et qui vit à Trenque Lauquen. Costaud et pas bavard, Blanco commande toujours un steak avec des patates et des carottes bouillies. Pampa, en le regardant faire, a toujours l'impression que la viande et les carottes ne sont qu'un prétexte pour manger les patates bouillies. De grosses patates blanches et fumantes. Il y avait aussi Ortiz, déjà rivé à son verre de vin, ce même verre qu'il gardera jusqu'à ce que Rocha ferme pour la sieste. Et puis il y avait Rocha : c'est lui qui d'habitude anime la conversation. Alors qu'ils en étaient au dessert, le fils Bermúdez s'est arrêté pour déjeuner, après être passé par la quincaillerie. Pampa a répondu à son salut par un hochement de tête, et pour la première fois il s'est clairement formulé la question : « Et si c'était lui l'assassin ? » Il n'avait aucune raison de soupçonner le fils Bermúdez. Au contraire. Gros et asthmatique, les gestes mous et tremblotants comme s'il craignait de déborder à tout moment, c'est tout juste s'il peut nouer les lacets de ses baskets. Mais se poser la question a aidé Pampa à se lâcher, à oser se la poser pour les autres. Blanco, Ortiz, Rocha, Parra. Pour une raison qui lui échappe, la question lui a plu, et ça lui a plu de se la poser tout en mangeant son flan à la confiture de lait.

Quand il sort du bar, le vent froid et coupant lui donne un coup de fouet. Il se met à marcher sans but car pour le moment, son seul but est hors d'atteinte : il ne doit pas aller au lac. Il doit attendre, courir le risque. Il parcourt trois cents mètres sur la rue principale, jusqu'à la gare abandonnée, qui depuis l'autre côté des voies fait face au village et le surveille. Pampa tourne et longe les voies en direction du sud-ouest, laissant les chiens des maisons voisines se confondre avec leurs aboiements emportés et emmêlés par le vent. Le ciel n'est plus gris. Il est blanc. Pampa marche jusqu'à atteindre les dernières fermes, là où la voie se perd entre les prairies. Il revient sur ses pas mais change de direction un pâté de maisons avant d'arriver à la rue principale, prenant l'une des trois rues parallèles du hameau. À cette heure-ci et par un jour pareil, il a peu de chance de croiser quelqu'un. Il reconnaît les voitures et les camionnettes garées, il pense à leurs propriétaires. Malgré lui, il est fier de parcourir ainsi la rue. Il n'aime pas être fier. La fierté le met mal à l'aise dans sa solitude, lui qui n'est jamais mal à l'aise quand il est seul.

En passant devant l'épicerie qui fait aussi office de pharmacie, fermée en ce début d'après-midi, Pampa sent que l'air a changé. En réalité, il stagne et se refroidit encore plus. Comme s'il réfléchissait, comme une introspection, comme si l'air doutait. Le froid est-il une qualité de l'air ou bien l'air une qualité du froid ? Incrédule, Pampa voit tomber les premiers flocons. Légers, effilochés, mais flocons malgré tout. Il neige. Pampa lève les mains, les ouvre pour sentir le contact de cette neige, et même s'il peut voir les flocons se poser et disparaître sur ses paumes de mains, il ne sent rien. Il lève la tête et là, oui, il sent l'effleurement. Le ciel blanc éblouissant.

Quand Pampa baisse les yeux, il voit quelques voisins à leur fenêtre. Quelques hommes et femmes sont sortis dans la rue et leurs gestes ressemblent beaucoup aux siens. Mains ouvertes, visage au ciel. Pampa baisse les mains, un peu contrarié. Et reprend sa marche. Il veut éviter les questions, comme si c'était à lui d'y répondre. Il neige, monsieur l'agent ? Il neige pour de vrai ? Pampa marche jusqu'au bout de la rue en essayant de ne pas avoir l'air surpris. Il tente de regarder au loin et c'est comme si sa vision se voilait. Avant d'arriver au coin de la rue, à l'arrière du poste de police, il entend un cri. La voix d'une femme. Et immédiatement il les voit. Deux enfants. Les enfants Ríos. Ils courent, s'éloignent sur le chemin de terre, continuent de courir là où il n'y a déjà plus de maisons et où la rue devient plaine. Ils courent dans les prés et, par moments, sautent en avant. Pampa les voit, le vent lui porte leurs rires et leurs voix, mais il a l'impression que ce sont deux choses différentes. D'un côté les enfants qui courent et qui sautent. De l'autre ces rires et ces voix qui n'appartiennent à personne. Pampa voit la neige tomber et ne peut éviter l'abattement. Gretel Castellanos pend à un arbre, près du lac. Il y pense si fort qu'il le dit presque à voix haute.

*

Après avoir fini l'école primaire, Gretel Castellanos est allée vivre à Trenque Launquen, chez une tante, sœur aînée de son père. Pendant la semaine elle fréquentait le collège et aidait sa tante à la boulangerie, le week-end elle rentrait à Monge. Du moins, c'est ce qui s'est passé la première année, parce que dès la deuxième elle a commencé à rester aussi le week-end à Trenque Lauquen. Un anniversaire, une invitation à dormir chez une amie. Au début, le père comme la fille ont souffert de ces changements, mais le soulagement finissait toujours par arriver. Ils n'avaient aucun mal à exagérer la joie de leurs retrouvailles. Gretel était bonne élève et son père, bon quincaillier. Parfois, Gretel pleurait pour des raisons sans importance dans l'obscurité de la chambre qu'elle occupait chez sa tante. Parfois, son père s'apercevait qu'il était très tard et qu'il était encore éveillé, assis dans la cuisine face à la télé sans signal. Dans ces années-là, sans doute influencée par les rêves étroits de sa tante célibataire, Gretel croyait fermement que les sourires révélaient l'âme des gens. Plus tard, elle a commencé à croire qu'ils la cachaient. Ce qui ne lui inspirait aucune méfiance. Les sourires cachaient l'âme parce que l'âme était une chose à cacher. Ça aussi, elle y croyait fermement, surtout quand elle voyait son père. Lorsqu'elle était à Trenque Lauquen, Gretel n'allait jamais sur la tombe de sa mère.

*

La neige a créé l'événement tout l'après-midi. Par moments, elle semble s'être arrêtée, mais il suffit de regarder avec plus d'attention pour s'apercevoir qu'elle continue de tomber. De temps en temps, un habitant de Monge sort de chez lui, de nouveau gagné par l'incrédulité, ouvre les mains et lève la tête. Il regarde le ciel blanc jusqu'à s'éblouir. Puis, il baisse les yeux et cherche autour de lui, secouant la tête et clignant des yeux pour en chasser la lumière. S'il y a quelqu'un d'autre que lui dans la rue, il le salue puis rentre, rassuré. Il neige.

Pampa, après avoir passé un long moment à regarder jouer les enfants Ríos, est retourné au poste. Une fois la surprise digérée, si semblable à la douleur physique chez les hommes comme lui, il commence à s'interroger. Par exemple : où sont les autres enfants du village ? Pourquoi ne sortent-ils pas jouer comme les enfants Ríos ? Il se pose ces questions, mais la seule qui l'intéresse est la suivante : pourquoi Castellanos n'est-il pas encore sorti de la quincaillerie pour constater ce que tous ont déjà constaté ? Debout sous l'auvent du poste de police, Pampa surveille la rue principale, paysage désormais étrange, blanchi, boueux. Au bout de la rue, la gare abandonnée a retrouvé un peu de sa présence, tout comme les maisons désaffectées derrière elle. Tout change sous cette neige fine, qui a moins l'air de tomber que de flotter, qui fond à terre. Tout change mais Castellanos ne sort toujours pas de la quincaillerie. De toute la rue, c'est le seul qui ne s'est pas montré. Dans les deux dernières heures, Pampa a vu sortir tous les voisins. Il les a comptés, a comparé leurs gestes, les a salués. Tous sont sortis sauf Castellanos.

« *Che*, Pampa, tu crois qu'on devrait prévenir ? »

Voilà encore une chose qui a changé. La neige assourdit, ensourdine. Transforme les bruits et le silence aussi. Pampa n'a pas entendu la porte s'ouvrir dans son dos. Il se retourne à moitié. Parra le regarde sur le seuil, enveloppé dans son gros blouson, le maté à la main, s'essuyant les pieds.

« Prévenir qui ?

– Trenque Lauquen...

– De quoi tu veux les prévenir ?

– Ben... qu'il neige. »

Pampa regarde son collègue, évalue les risques de l'appel. Il se dit d'abord que c'est très dangereux, puis se rend immédiatement compte qu'il est encore plus dangereux que Parra n'ait rien à faire. Il hausse les épaules. Laisse Parra décider.

« Je vais appeler. Au cas où. Il ne faudrait pas qu'après ils nous engueulent, conclut Parra, et porté par l'élan de cette conviction il finit le maté. Et toi, mets ton blouson au moins, parce que si tu tombes malade, je n'ai pas l'intention de te remplacer. »

Parra ferme la porte et Pampa se frotte les bras. C'est vrai qu'il devrait mettre son blouson. Mais avant, c'est décidé, il doit retourner voir Castellanos. Pampa fonce sous la neige pour traverser. L'asphalte est humide et glissant. Le vent est coupant. Le ciel n'a pas de couleur, mais il y a dans les rues une lumière de cendre, comme si l'après-midi touchait à sa fin. Et il touche à sa fin, depuis un bon moment. La neige tombe, lente, mais l'après-midi est passé si vite.

*

À Monge, il n'y a pas beaucoup d'enfants, il n'y a pas d'église, il n'y a pas de cimetière. À Monge, il y a quatre courtes rues qui vont du nord-ouest au sud-est, et deux autres qui les croisent perpendiculairement. La seule bitumée est la rue principale, qui naît ou meurt, c'est selon, au niveau de la gare abandonnée. Il y a presque autant de maisons habitées qu'inhabitées, la plupart de l'autre côté de la voie ferrée. Ça ne fait pas longtemps qu'ils ont ouvert le dispensaire où Emmanuel Blanco passe ses journées à s'ennuyer, parce qu'à Monge personne ne tombe malade. De temps en temps quelqu'un meurt, mais rien de plus.

Quand Pampa est arrivé, il y a à peine plus d'un an, personne n'est venu l'accueillir. Il a attendu devant le poste de police sur sa Honda 100, sans éteindre le moteur. Puis, au bout d'un moment, Parra est apparu. Il était là depuis une semaine, il sortait de chez Rocha quand il l'a remarqué, et il lui a donné l'accolade sans le laisser descendre de sa moto.

« Désolé, Pampa, mais je ne t'avais pas reconnu. On te voyait depuis le bar, mais on a cru que tu étais un de ces types qui se gourent de route de temps en temps. Ils arrivent, restent là un moment à regarder puis ils s'en vont. Mais viens, entre, allez... Regarde un peu où on se retrouve... Allez, viens, entre... »

Au fil des matés, Parra lui a expliqué où il pouvait trouver une chambre. Lui, il logeait chez la famille Ríos, et il y avait aussi les Ré qui louaient des chambres : le boucher et sa femme.

« Si tu veux, tu peux aussi essayer les maisons vides. Personne ne te dira rien. Il y en a certaines qui sont même meublées, je crois. »

C'est ce que Parra a dit mais son visage disait autre chose. Il disait qu'il fallait être fou pour avoir l'idée de s'installer dans une maison vide. Pampa a suivi ses conseils et le jour même s'est arrangé avec les Ré. C'est Parra qui a fait les présentations. Cette nuit-là, Pampa assurait sa première garde et Parra est resté pour lui tenir compagnie. Il n'a pas arrêté de parler jusqu'à ce que le sommeil le gagne et qu'il se couche dans le lit de la petite cellule du fond. Ils ont bu du vin d'abord, pour fêter ça, puis plus tard sont passés au maté. Pampa l'a écouté, a ri à ses blagues, a même servi les siennes tandis qu'ils se rappelaient leurs années à la Vucetich de Olavarría. Quand un vide se faisait au milieu de la conversation, Parra secouait la tête, tantôt en signe de négation, tantôt d'assentiment, et disait : « Quelle coïncidence, Pampa, regarde un peu où on se retrouve... » Pampa hochait la tête, recevant ou passant le maté, chaque fois plus persuadé que

Parra avait passé à Monge beaucoup plus de temps qu'il ne voulait bien le dire.

*

« Bonjour, monsieur l'agent, il y a un problème avec le robinet ? »

Pampa Asiain ne sait pas ce qu'il espérait trouver en entrant dans la quincaillerie, mais certainement pas ce qu'il y trouve. Mauricio Castellanos, le quincaillier, est derrière le comptoir, calculette, stylo et carnet à la main. Il a sur le front une paire de lunettes. Pampa l'observe, inquiet, sceptique.

« Non, aucun. Je voulais acheter des piles pour la lampe. »

Pampa n'a pas besoin d'improviser. Chaque fois qu'il en a l'occasion, il achète des piles pour la lampe. Même s'il ne s'en sert pas, c'est comme une manie. Il les change. Il a l'impression qu'elles sont usées et il les change.

« Au cas où, parce que cette nuit je vais être dehors, risque-t-il. À cause de la neige, vous voyez... »

Castellanos acquiesce.

« Je vais faire un tour chez les voisins les plus éloignés pour m'assurer qu'ils n'ont pas de problème. Parra est en train d'appeler Trenque Lauquen au cas où nous aurions besoin d'aide ou de renfort. »

Castellanos acquiesce de nouveau tout en attrapant un jeu de piles AA sur l'étagère la plus proche.

Quand il tend les bras, toutes les étagères de la quincaillerie semblent à sa portée. Même la plus haute, là où il y a le téléviseur. Pampa serait prêt à parier qu'il l'allume et l'éteint sans bouger de sa place.

« Ça fera trente pesos, monsieur l'agent », dit Castellanos.

Le quincaillier semble n'avoir plus rien à dire. Il a même l'air de penser à autre chose. Et plus il a l'air distrait, plus Pampa parle, invente.

« Merci, voilà pour vous. S'il se passe quoique ce soit, appelez-nous. Ou traversez la rue, si vous voulez. À la radio, ils ont dit que cette nuit, ça va empirer, qu'il peut y avoir des coupures de courant et de téléphone. Qu'il va continuer à neiger...

– Ne vous inquiétez pas, monsieur l'agent. J'ai ma propre lampe-torche », dit Castellanos, tout juste aimable, en lui rendant la monnaie.

Pampa, résigné, s'empare des billets et les range dans son portefeuille. Il prend son temps, réfléchit à ce qu'il pourrait dire d'autre, mais rien ne lui vient. Confus, il salue et sort.

Sur le trottoir de la rue principale, il voit la luminosité cendrée s'affaiblir de plus en plus. Pampa calcule. Ils n'ont pas encore allumé l'éclairage public, il ne doit donc pas être encore six heures. Il a le temps de repasser chez lui, se laver, se préparer pour la nuit. Il traverse la rue à grandes enjambées. La fine couche de neige crisse sous ses pieds. Partout se sont formés des amas blancs que Pampa ne veut pas voir. Il arrive au poste de police et entre. Immobile, Parra a le combiné du téléphone à la main, comme s'il écoutait quelqu'un, comme s'il recevait des ordres. Sans raccrocher, il lève les yeux vers son collègue.

« Personne ne répond, dit-il à voix basse, comme s'il avait peur qu'on l'entende à l'autre bout du fil. La radio n'a jamais rendu l'âme à ce point, alors j'ai opté pour le téléphone. J'ai composé le numéro au moins dix fois et personne ne répond... ça sonne occupé.

– Ben c'est que ça doit être occupé... »

Parra ne se résout pas à raccrocher. Il regarde Pampa, la figure allongée par l'attente.

« Mais aussi longtemps ? Avec qui ils peuvent bien parler ? »

Pampa hausse les épaules, ne répond pas. Il est anxieux. Depuis qu'il a vu Castellanos. Pas tant à cause de la réaction du quincaillier, il a compris maintenant. Il est inquiet parce qu'il ne parvient pas à s'expliquer pourquoi il le surveille, ni ce qu'il espère trouver chez lui en lien avec la mort de sa fille. Et pendant ce temps-là, celle-ci est toujours pendue à un arbre près du lac. Sous la neige. Mais y est-elle encore ? Comment a-t-il pu laisser le corps seul si longtemps ? La question, qui lui retourne maintenant l'estomac, reste sans réponse. Parra raccroche et il a à peine posé le combiné que celui-ci se remet à sonner. Les deux sous-officiers adjudants se regardent, puis regardent l'appareil. Pampa est le premier à réagir. Il s'approche du bureau et répond.

« Bonjour, poste de police rural de Monge… Non. Hum hum, mais non. C'est une erreur, madame, vous vous êtes trompée de numéro. »

Pampa raccroche brusquement. Parra a l'air effrayé. Il n'aime pas ce qui est en train de se passer.

« Écoute, Andrés. Le mieux, c'est que tu restes ici au cas où tu arrives à joindre Trenque Lauquen, moi, je vais aller faire un tour dans le coin pour voir si personne n'a besoin de rien. Je te laisse la camionnette et j'y vais en moto. Ça sera plus facile pour conduire.

– Mais il neige, Pampa… »

Pampa ne répond pas. Il met son blouson chauffant, prend ses gants, enroule son écharpe autour de son cou et sort. Il se dirige vers la maison des Ré, située sur la première rue parallèle en bordure de la voie ferrée. L'éclairage public est enfin allumé et la neige, qui continue de tomber, a maintenant l'air plus épaisse. Le bar de Rocha est le seul magasin ouvert. La quincaillerie est dans le noir, les fenêtres des maisons sont fermées. Plus personne ne sort pour voir la neige tomber. Plus personne ne s'en inquiète. Sauf Pampa, qui parcourt une fois de plus la rue principale de Monge d'un pas ferme, décidé. En s'éloignant, il entend le téléphone du poste de police sonner à nouveau. Il sonne une, deux, trois, quatre, cinq fois, chaque fois moins fort, puis il cesse de l'entendre. Pampa n'entend plus le téléphone mais sait qu'il sonne toujours. C'est l'effet de la neige. Les sons traversent le silence et se muent en pressentiment.

*

Le premier amour de Gretel, à treize ans, était Joaquín, un camarade de classe. Ensuite elle est tombée amoureuse d'Esteban, un autre camarade, mais au bout de quelques mois elle est retombée amoureuse de Joaquín. Au même moment, elle est tombée amoureuse du professeur de géographie, monsieur Obarrio. De tous ces amours, elle n'a parlé à ses amies que de Joaquín. L'histoire avec Esteban a peu duré ; intense et inattendue, elle a surgi d'un rêve dont elle n'arrivait pas à se souvenir. Dans le rêve, il y avait Esteban, Gretel le savait, mais c'était tout. Et à partir de ce matin-là, elle l'avait vu différemment, comme si elle guettait un signe, comme si elle avait découvert un secret. Esteban était le plus grand de la classe, et par conséquent toujours placé derrière tout le monde. En cours, il était constamment à deux doigts de s'endormir. Il avait le rire facile et riait sans faire de bruit. Après son rêve, quand elle regardait le tableau, Gretel s'imaginait qu'Esteban l'observait avec un sérieux que personne ne lui connaissait, et elle sentait alors des chatouilles dans le dos et une très grande envie de se retourner. Elle s'imaginait également se dresser sur la pointe des pieds pour l'embrasser. Elle pensait encore plus fort à cette position, sur la pointe des pieds, qu'au baiser. Mais cet amour s'est dissipé en quelques semaines, usé par ces attentes et ces rêveries qui n'avaient pas beaucoup de sens. Alors l'amour plus diurne et constant pour Joaquín a retrouvé toute sa vigueur, un amour qui durerait plusieurs années, qui en ferait son fiancé pendant toute la troisième, après l'anniversaire de ses quinze ans, et qui la faisait fantasmer autrement. Alors qu'avec Esteban les fantasmes étaient tout juste des flashs et des intentions, avec Joaquín c'était des histoires. Gretel pouvait passer des heures à imaginer une romance avec Joaquín, plagiant à peu près n'importe quel film. Et alors qu'elle était amoureuse de Joaquín, pendant la troisième année du collège, elle est également tombée amoureuse d'Obarrio. Mais cet amour-là n'avait rien à voir. Le professeur de géographie avait trente ans, était marié et avait un fils en bas âge. Dans la classe où il expliquait et dépliait des cartes, lui et Gretel étaient les seuls à ne pas être de Trenque Lauquen, et ils ne le seraient jamais. L'amour tenait à cette coïncidence. C'était un de ces amours qui naissent sans passion, qui se nourrissent de malentendus d'un autre genre. Gretel, pendant les cours de monsieur Obarrio, sentait qu'elle connaissait cet homme comme elle n'avait jamais connu personne dans sa vie. Elle l'aimait et avait un peu pitié de lui. Il était petit, maigre et frêle. Il était beau. Gretel n'était pas très au clair là-dessus mais sa pitié était plutôt liée à ça, au fait qu'il soit beau. Avec monsieur Obarrio, c'était tout le contraire d'avec Esteban. Parce que ce n'est qu'à l'été suivant qu'elle a rêvé de lui, quand l'année était déjà finie et qu'elle ne l'a plus revu.

Des rêves étranges et érotiques. L'année d'après, alors qu'elle sortait déjà avec Joaquín, elle le croisait de temps en temps dans les couloirs et dans la cour de l'école. Ils se disaient bonjour et passaient leur chemin. Il était toujours beau mais ne lui faisait plus pitié. À cette époque-là, Gretel avait déjà connu sa première fois. Pas avec Joaquín, mais avec Esteban, un soir d'été lors d'une fête quelconque. Personne n'en a rien su. Quand elle a passé la nuit avec Joaquín, un mois après qu'ils ont commencé à sortir ensemble, elle a décidé que ce serait ça, sa première fois, et que Joaquín avait toujours été son seul et unique amour. C'est ce qu'elle a raconté à ses copines.

*

La maison des Ré est un pavillon à demi construit. En tout cas, c'est l'impression qu'il donne, car Pampa, depuis qu'il vit avec eux, ne les a jamais vus décidés à le terminer. Il se situe entre la boucherie et les rails, qui rasent le sol, sans remblai, envahis par les mauvaises herbes, à dix mètres de la maison, avant de se perdre dans la campagne. Une clôture qui tombe à moitié délimite le terrain des Ré. Au fond, à côté du cabanon à outils où personne ne va jamais, il y a l'annexe où loge Pampa. Une chambre carrée, au sol en ciment irrégulier et au toit bas et horizontal, avec de minuscules toilettes adossées à l'arrière. Cette pièce, elle, est terminée, mais elle n'a aucun charme. Pampa s'en moque et, pour tout aménagement, il a mis d'épais rideaux sur l'unique fenêtre qui donne à l'arrière de la maison. Depuis son lit, par cette fenêtre, par le jour entre les rideaux, il arrive à voir un morceau de ciel et l'étage du pavillon, où se trouve une chambre inachevée. Il y a un pan de mur solitaire et, dans ce mur, une fenêtre. Une fenêtre sans montant où se découpe aussi un morceau de ciel. Les deux fenêtres forment ainsi une lunette télescopique pointée sur le vide. Et Pampa, en ce moment même, pointe sur le vide, le ciel déjà nocturne d'où la neige continue de tomber. Il pointe sur le vide et le futur immédiat.

Pampa s'est déjà lavé et changé. Assis sur le lit, très calme, il semble prendre des mesures. La chambre sent la peinture fraîche, elle a toujours senti la peinture fraîche, et le propre. Graciela Ré, la femme du boucher, a dû venir nettoyer. Il y a aussi l'odeur pénétrante du kérosène du poêle, mais pour Pampa c'est bien plus qu'une odeur, c'est quelque chose qu'il sent au niveau du palais. Assis sur son lit une place, presque un lit d'enfant, Pampa éprouve le poids de ses paupières, le relâchement de ses muscles. La douche et la chaleur du poêle lui ont ramolli le corps. Il s'autorise un instant à penser que plus rien n'a d'importance. Qu'il peut aller se coucher, s'endormir et tout oublier. Qu'il n'a pas besoin de faire ce qu'il va faire. Que personne n'a besoin qu'il le fasse. Il y pense un instant, et au moment où il croit vaciller, son corps fait tout le contraire. Il se met debout. Se regarde dans le miroir de l'armoire. Est-il triste, fâché, effrayé ? Pampa arque les sourcils, perdu devant ces hypothèses improbables, et sort de sa chambre.

Il va jusqu'au cabanon à outils. Sous l'auvent de tôle se trouve sa Honda 100. Il la détache et la pousse. Il traverse la propriété des Ré recouverte d'une neige molle, d'une boue pâle.

« Tu vas sortir par un temps pareil, Pampa ? »

Ezequiel Ré, le boucher, fume appuyé contre le mur de sa maison, près de la porte de la cuisine. Pampa, qui ne l'avait pas vu, sursaute. Ça le contrarie de ne pas l'avoir vu. Il faut qu'il fasse plus attention. Cette nuit, il doit faire plus attention.

« C'est qu'il faut que j'aille voir s'il n'y a pas de problème dans le coin. Ordres de Trenque Lauquen. »

Ezequiel Ré hoche la tête. Il hoche toujours la tête. Pampa aimerait qu'un jour il dise oui ou non, qu'il arrête de hocher la tête. Habillé tel qu'il est, en jean et pull-over à col roulé, Ezequiel Ré n'a pas l'air d'un boucher. Il a environ quarante-cinq ans. Les épaules arrondies, le torse gonflé, comme s'il avait un jour été ou voulu être sportif professionnel. Pourtant, il a toujours été boucher, et Pampa ne l'a vu pratiquer aucune activité physique en dehors de ses efforts pour manier le couteau sur les bovins. Il est aimable, a le sourire franc et ne vouvoie jamais personne. Quand il est au travail, vêtu de son tablier et de sa coiffe, il a l'air déguisé.

« Faut pas déconner quand même, ces mecs de Trenque Lauquen... C'est de la neige, rien de plus. Il faut se mettre à l'abri, manger chaud et aller se coucher. Tu veux pas rester ? Graciela est en train de préparer un ragoût. »

Sans s'arrêter, Pampa remercie et dit que non, qu'il doit faire sa tournée. Ezequiel Ré hausse les épaules, jette sa cigarette par terre et l'écrase. Il s'ébroue et remue l'air comme pour chasser les flocons de neige.

« Il fait tellement froid que même le vice ne fait plus envie… Salut Pampa, bon courage. Je vais dire à Graciela qu'elle te laisse une assiette de ragoût dans ta chambre, sur le poêle. »

Cette fois, c'est Pampa qui hoche la tête. Il hoche la tête et s'éloigne. Une fois dans la rue, il monte sur sa moto et démarre. En attendant que le moteur chauffe, il regarde de l'autre côté des rails, vers les maisons abandonnées qui, entre la nuit précoce et la neige, semblent être disposées autrement. Dans de meilleures dispositions. De l'une d'entre elles, l'une des plus éloignées, s'échappe une lumière faible et tremblante. La lumière d'un feu qui brûle. Ça veut dire qu'Irina est revenue.

*

Mais où Pampa a-t-il laissé les affaires de sa mère, de son père, les siennes ? Où sont les choses qui lui appartenaient avant qu'il ne devienne celui qu'il est aujourd'hui, un des adjudants sous-officiers du poste rural de Monge ? Il ne les a pas laissées chez les quelques parents qu'il lui reste, il ne les a pas abandonnées, ni données à une église, et elles ne sont pas non plus dans la pièce qu'il occupe chez les Ré. Une fois par semaine, Graciela Ré, la femme du boucher, nettoie sa chambre. Elle nettoie et fouille. Elle ne trouve jamais rien de nouveau, rien qui fasse écho, qui lui permettrait d'imaginer un bout du passé de son locataire. N'allez pas croire que Graciela Ré cherche réellement à savoir quelque chose sur lui. Non, elle fouille comme elle nettoie. Fouiller est pour elle une autre façon de nettoyer, de tout mettre en ordre. La seule chose qui la perturbe, qui lui embrouille un peu les idées sur ce qu'elle est en train de faire, ce sont les balles usagées dans le tiroir de la table de nuit. Quand elle ouvre le tiroir, quand les balles glissent et s'entrechoquent, elle doute. Elle ne sait plus si elle nettoie, si elle fouille, ce qu'elle fait au juste. Un jour, elle a été tentée d'en prendre une, mais jusqu'à présent elle ne l'a pas fait. Et ça vaut mieux, parce que Pampa s'en apercevrait, et alors c'est lui qui ne saurait plus ce qui lui arrive. Où sont ses affaires, les affaires de sa famille, celles qu'il a entassées dans plusieurs valises le jour où il a dû abandonner la maison où il avait vécu toute sa vie ? L'une sur l'autre, trois valises déformées par leur poids et une couverture pleine de poussière par-dessus. Oui, elles sont dans le silo abandonné du moulin Sáez. Là-bas, celui de gauche, quand on regarde depuis la route qui va à Trenque Lauquen.

*

Pampa traverse les rails sur sa moto et passe à côté de la gare abandonnée. Il se dirige à pas d'homme vers les dernières maisons. Au fur et à mesure, le phare avant découpe ce qui fut une rue autrefois et ne l'est plus. Dans le faisceau de lumière, la neige paraît plus capricieuse dans ses mouvements. Elle tombe, mais fait plus que ça. Pampa esquive les flaques gelées et arrête la moto devant la maison d'où s'échappent les lueurs d'un feu. Le bâtiment n'a ni porte ni fenêtres, seulement des gonds rouillés. Pampa parvient jusqu'au seuil. Le feu est allumé au centre de la première pièce, qui a été un jour un salon ou une salle à manger. Il n'y a rien, désormais. À part le feu d'Irina, qui se réchauffe les mains et parle à voix basse.

« De retour parmi nous, Irina ? »

Le ton de Pampa se veut intimidant, mais il ne peut éviter ce mélange de tendresse et de respect qui ressemble à de la peur.

La femme, penchée sur le feu, sursaute et lève la tête. C'est une vieille aux yeux vifs et sombres, petite, les cheveux longs et blancs. En voyant Pampa, elle se met à rire. D'un rire cristallin, contagieux.

« Aïe, monsieur l'agent, vous m'avez fait peur... Je ne vous ai pas entendu arriver. C'est que j'étais dans mes pensées... Vous m'avez entendue penser ?

– Non, Irina, je n'ai pas entendu.

– Heureusement, ah ah, heureusement... »

Pampa s'approche du feu. Entre les bûches, il y a une croix en bois peinte en blanc. L'inscription a déjà brûlé et on ne distingue que trois lettres. « Bob », lit Pampa, en secouant la tête.

« Encore, Irina. Avec tout ce qu'il y a à brûler. Pourquoi tu prends les croix ? »

Irina rit et Pampa essaie de ne pas se laisser embarquer par ce rire. La première fois qu'il a vu Irina, c'était dans une autre de ces maisons abandonnées, dans une situation semblable, il y a quelques mois. Plusieurs voisins au village s'étaient plaints que quelqu'un traînait dans les maisons abandonnées, mais ce n'était pas ça le problème. De temps en temps, un vagabond sorti de nulle part apparaissait, restait quelques jours, rôdait et se cachait, puis disparaissait dans l'immensité de la plaine. Personne ne savait d'où il venait ni où il allait. Le problème, c'était que ce vagabond-là arrachait les croix des morts et s'en servait pour faire du feu. Il a fallu plusieurs jours aux voisins pour remarquer la disparition des croix, et plusieurs autres encore pour faire le lien avec les lueurs qu'ils voyaient la nuit. Ils ont déposé plainte et Pampa est allé enquêter. C'est là qu'il est tombé sur Irina et son rire.

« Hé hé, c'est qu'elles chauffent mieux. Et puis les morts n'en savent rien, hé hé. Le problème, c'est pas les morts qui sont sous terre, qu'ils reposent en paix, dit Irina, et elle se signe sans s'arrêter de rire. Le problème, c'est les morts qui sont à l'air libre... Moi, je les sens, vous ne les sentez pas, vous, monsieur l'agent ? »

Pampa avale sa salive, garde contenance, pense qu'il faut qu'il s'en aille.

« Irina, je dois y aller. Tu veux que je te ramène chez toi demain ? Tu ne peux pas rester ici, les voisins se plaignent. »

Irina écarte les mains et les lève.

« Mais monsieur l'agent, c'est que je me rappelle pas où j'habite. Vous savez, vous, où j'habite ? Non, bien sûr que non. Et je me rappelle pas si cette fois on m'a chassée ou si c'est moi qui me suis fâchée et qui suis partie. Ce sont ces ingrates de filles... Je vous ai déjà parlé de mes filles ? Hé hé, vaut mieux pas, des fois qu'il y en ait une qui vous passe la corde au cou. On dirait des filles du diable... Non, non. Mais vous inquiétez pas, monsieur l'agent, ça va me revenir. Dès que ça me revient, je rentre, je vous jure », dit Irina. Elle porte un doigt à sa bouche et le baise pieusement deux fois. Et là, elle se remet à rire de plus belle.

Pampa soupire. Il se donne une contenance. Il est encore trop jeune et la vieillesse est pour lui un mystère. Comme s'il y avait en elle quelque chose de pas tout à fait humain. Sans compter qu'Irina n'arrête pas de rire et de brûler les croix des morts.

« Entendu, Irina. Mais tu dois me promettre de ne plus brûler de croix. Sinon, je vais devoir t'enfermer.

– Je vous le jure, officier, dit Irina, et elle baise de nouveau son doigt. Même si eux, ils me demandent, je les brûlerai plus. »

Pampa hoche la tête et prend congé. Il sort et s'emmitoufle dans son blouson. La nuit est bouchée et la neige continue de tomber. En démarrant sa moto, il entend le rire d'Irina, comme si celui-ci arrivait de très loin. Il sait que la vieille ne tiendra pas sa promesse et que demain, certainement, elle brûlera une ou deux autres croix. De toute façon, il n'en reste plus tellement, et les voisins, avec cette histoire de neige, n'y prêteront sûrement pas attention. Elle finira par s'en aller. Pampa repart le long de ce qui avant était une rue et maintenant ne l'est plus, il traverse les rails, contourne les maisons par les rues parallèles pour ne pas se faire remarquer et prend le chemin du lac.

*

Plusieurs mois après son quinzième anniversaire, Gretel Castellanos s'est teint les cheveux en blond. Joaquín n'a pas aimé. Sa tante n'a pas aimé. Son père n'a rien dit. Déjà plus près de ses seize ans, elle s'est définitivement fâchée avec Joaquín et, pour la première fois, sa tante a menacé de la chasser de la maison. Après une âpre dispute, elle a appelé son frère et exposé pendant une demi-heure les problèmes que sa fille lui causait. Elle sortait trop et rentrait tard, elle l'ignorait et lui parlait mal, elle ne l'aidait plus ni à la maison ni à la boulangerie, elle fumait et buvait de l'alcool. Le quincaillier a promis de parler à sa fille, mais n'en a rien fait. La tante de Gretel, qui n'avait pas d'enfants, était excessive. Et Gretel l'était également. Deux ans plus tard, quand elle a terminé le lycée, au moment de la cérémonie de remise des diplômes, la tante et la nièce se sont bien plus embrassées que ne l'ont fait le père et la fille. Pendant l'été, tous trois ont évoqué la possibilité que Gretel aille étudier à Buenos Aires, mais il n'y avait pas assez d'argent. Ils ont décidé que cette année-là, elle travaillerait à la boulangerie, économiserait et partirait l'année suivante. Intérieurement, cette décision l'a soulagée. Elle avait très peur de s'en aller et de ne plus jamais revenir, même si elle en avait très envie. L'été a été long. Les semaines que Gretel a passées à Monge lui ont paru interminables. Sa seule consolation était de parler au téléphone pendant des heures avec Fernanda, qui demeurait sa meilleure amie, mais quand elle raccrochait elle sentait sa gorge sèche, son visage fatigué de gesticuler dans le vide. Une nuit, enhardie par une demi-bouteille de vin qu'elle avait subtilisée dans le garde-manger de son père, Gretel a traversé les voies et s'est dirigée vers la croix où était sa mère, celle qu'elle avait choisie il y a longtemps. Elle est restée plus d'une heure à parcourir les environs des maisons abandonnées, d'abord à l'emplacement de la croix, sous un peuplier solitaire, puis un peu partout, comme si sa mémoire lui jouait des tours ou que la croix avait changé de place. Un peu saoule et perdue, elle a trébuché plusieurs fois, s'est tordu la cheville, griffé le front avec les branches enchevêtrées des arbustes et les jambes avec les herbes hautes. Puis elle est retournée à l'endroit dont elle se souvenait.

Le peuplier était là, mais pas la croix. Quelqu'un l'avait arrachée. Gretel a avalé sa salive. Elle a attendu de voir ce qui allait se passer, parce qu'elle supposait qu'il devait se passer quelque chose. Mais il ne s'est rien passé. Elle est retournée chez elle et elle est rentrée discrètement. Dans la pénombre, l'odeur de la maison parlait d'elle-même : c'était la maison d'un homme seul. Elle est passée devant la chambre de son père et s'y est arrêtée. Son père dormait. Elle a alors fait une chose que le lendemain elle trouverait bizarre. Elle a poussé doucement la porte de la chambre et elle est entrée. Elle a avancé à tâtons. L'obscurité y était plus épaisse et ses yeux ont tardé à s'habituer. Au pied du lit dans lequel le quincaillier ronflait, elle s'est agenouillée. Elle a prié d'abord pour l'âme de sa mère, puis celle de son père, puis celle de sa tante et enfin la sienne. Ce faisant, elle pleurait, et un frisson lui a parcouru le dos. C'était la crainte divine. C'était la foi. C'était d'être si près, à égale distance, des vivants et des morts. Une fois dans sa chambre, vide et seule, elle s'est endormie profondément.

*

Pampa met plus de temps qu'il n'avait prévu pour arriver jusqu'au lac. Le chemin devient difficile et il doit s'arrêter à plusieurs reprises car la neige qui lui mouille le visage l'empêche de bien voir. Il est nerveux. Il est déjà loin du hameau et, dans l'obscurité des champs, il est gêné par le phare de la moto. La lumière le trahit, le met en évidence. Le grondement du moteur l'inquiète un peu moins, car malgré le silence lourd de la nuit, un bruit est moins repérable, c'est quelque chose qui flotte, aussi arbitraire que la neige. Alors que la lumière du phare, elle, est exacte, possède une direction ; si quelqu'un la voyait, il pourrait même dire qu'elle est douée d'intention. Mais il ne peut pas l'éteindre. Le chemin en terre est devenu glissant, il y a des flaques d'une boue grise plus liquide qu'elle n'en a l'air. Alors Pampa se concentre sur la route, il ne veut pas penser aux ténèbres immenses qui l'entourent, où se cache il ne sait qui ou quoi. Le phare de la moto lui fait ça, le sépare de la nuit, l'expose à une tempête scintillante. Pampa avance, surveille la route, ne pense ni à ce qui l'entoure ni à ce qui l'attend. Il a réduit à trois le nombre des possibilités et les a laissées palpiter dans sa conscience. Il est possible que le corps de Gretel Castellanos ne soit plus là. Que l'assassin ou celui qui l'a pendu l'ait emmené. Il est également possible que les charognards aient réussi à le faire tomber, et qu'il retrouve ce qui ne sera alors plus un corps. Et il est possible qu'il soit toujours là, pendu à l'arbre près du lac, la mort et le froid livrant leur propre bataille minuscule sous la peau. De toutes ces options, cette dernière est celle qu'il souhaite et qu'il redoute le plus.

Quand il distingue à un peu plus de cent mètres le bois qui entoure le lac, Pampa arrête sa moto et éteint le phare. Il met pied à terre et entraîne la

Honda 100 loin de la route. Il la laisse camouflée sous un arbuste épineux et reprend sa marche. Il ne suit plus le chemin mais prend à travers champs. Il franchit une clôture et marche tout droit. Il entend ses rangers clapoter sur la terre molle et irrégulière, trouée par les sabots des vaches. Au fur et à mesure qu'il avance, ses yeux s'habituent à l'obscurité de la nuit. Les arbres grandissent devant ses yeux. Ses yeux grandissent devant la nuit. Pampa tremble. Et le tremblement a sa fermeté à lui, d'une bouleversante intensité. Il arrive. Il franchit une autre clôture et s'arrête. Moins de vingt mètres le séparent du lac. Il a déjà reconnu l'arbre et a repéré la masse informe qui pend comme une ruche monstrueuse. Il semble n'y avoir personne autour, mais au cas où, Pampa se recroqueville et marche avec prudence. La traque commence. Il est là pour ça. Il l'a attendue toute la journée. Il le sait maintenant, et il est rempli de certitude et de terreur.

À dix mètres de l'arbre et du corps, Pampa s'arrête à nouveau. Il observe le détail des ombres, il cherche une présence autre que la sienne, une ombre aussi intense que lui. Mais il n'y a personne. Il n'y a que lui et le corps de Gretel Castellanos. Pampa ne marche plus en ligne droite. Il fait le tour de l'arbre, le tour du corps, tapi dans l'herbe humide. Il arrive au bord du lac. Un instant, il contemple la neige qui tombe. Claires taches volatiles qui disparaissent dans l'eau noire et calme. Cette image lui fait prendre conscience d'une chose : Pampa n'a jamais eu aussi froid de sa vie. C'est un froid qui traverse tous ses vêtements, ignorant jusqu'à sa peau et sa chair, pour atteindre ses os. C'est là qu'est le froid. Il est si intense qu'il n'appelle pas un plat de nourriture ou un lit chaud. Ce froid ne peut qu'appeler encore plus de froid. Comme un vertige, la tentation de plonger dans l'eau noire du lac et de toucher le fond. Et là, attendre que tout s'apaise en surface, et que l'eau gelée le transforme en autre chose...

Pampa se secoue le froid et les idées. Il tourne le dos au lac et maintenant, ça y est, il parcourt la distance qui le sépare du corps pendu de Gretel Castellanos. Arrivé sous la brise de l'arbre, il s'immobilise. D'une main il tient la lampe, de l'autre son arme réglementaire. Il sait ce qu'il a à faire, éclairer, viser le corps, mais pour une seconde il doute. Comme s'il ne se savait plus à quoi servait chacun des objets qu'il tient dans ses mains. La lampe et le Beretta, le Beretta et la lampe. Une bouffée de l'odeur du corps lui parvient, le frappe, et, comme si l'odeur apportait l'impulsion dont il avait besoin, il lève la lampe et l'éclaire. Pendant une longue minute, Pampa retient son souffle. Un jour, c'est beaucoup pour la mort, il en sait quelque chose, et il sait, il le savait déjà, que le corps de Gretel Castellanos serait mortellement changé. Deux choses tourmentent alors Pampa Asiain. La première, c'est que le corps semble le même que la nuit précédente. La seconde, que le visage semble appartenir à quelqu'un d'autre. Pampa énumère, attristé. Le même t-shirt au col déformé et l'épaule à découvert, la même mini-jupe en jean, pauvres et scandaleux habits dans la nuit gelée. Les cheveux blonds, la tête sur le côté, le long cou, les clairs-obscurs gris, noirs et verts, les mains attachées dans le dos. Le bleu qui ne se voit pas mais qui est là. Le pied rongé. Cependant, le visage n'est pas celui de Gretel Castellanos. Ont-ils changé le corps ? La morte qu'il regarde est-elle une autre femme ? Pourquoi, pourquoi l'a-t-il abandonnée, pourquoi l'a-t-il laissée seule ? Les yeux clos semblent s'étirer jusqu'à la nuque, orientaux et figés. Le nez paraît plus long et fin, ressort plus nettement de la figure. La bouche entrouverte, avec la marque de rouge à lèvres, est incongrue et infantile. Pampa, horrifié, fait deux pas en arrière. Il s'oblige à fermer les yeux et à ne plus bouger. Il attend. Respire, domestique le froid à l'intérieur de son corps. Quand il rouvre les yeux, il a enfin face à lui le visage de Gretel Castellanos. Oui, c'est elle. Un « oui » à peine susurré flotte et disparaît comme un flocon de neige dans le silence de la nuit, Pampa ne peut garantir qu'il soit sorti de sa bouche.

*

Et quelles sont les chansons que Pampa Asiain chante et joue, là, dans l'un des silos abandonnés du vieux moulin Sáez ? A-t-il prêté attention aux paroles, sait-il ce qu'elles disent, qu'en comprend-il ? Est-ce les chansons qui remplissent ses yeux de larmes, ou seulement la vibration de sa voix et le son de la guitare ? Certains mots résonnent-ils plus que d'autres ? Pampa a-t-il une chanson préférée entre toutes ? Les chansons sont celles du magazine avec lequel il a appris à jouer, et il les chante dans l'ordre. Pampa n'a même pas écouté les versions originales et, si quelqu'un l'entendait, il tarderait certainement à les reconnaître. Dans le silo de gauche quand on regarde depuis la route qui va à Trenque Lauquen, Pampa répète encore et encore les mêmes chansons, dans le même ordre. Il n'est pas question d'en sauter une, d'en jouer une autre avant, d'en laisser une de côté. Il y a cinq chansons, pas une de plus, pas une de moins. Il n'a plus besoin du magazine racorni avec les paroles et les accords, mais il l'a toujours là, devant lui, parce qu'il faut bien qu'il regarde quelque chose pendant qu'il joue et qu'il chante. Il faut qu'il regarde le magazine parce que s'il ferme les yeux, la tête lui tourne, il a l'impression de tomber, que sa voix est un cri. La même chute, exactement le même vertige que lorsqu'il fermait les yeux en épiant son père, caché sous la table de la cuisine, protégé par la nappe. Il devait regarder le moignon. Épier son père à travers le moignon. Mais qu'est-ce qu'il épie quand il joue et chante dans le vieux silo abandonné ? Il s'épie lui-même, se surveille et s'étonne que l'âme puisse être aussi immense. Qu'elle soit aussi noire et aussi vide, et de tout ce qu'elle peut contenir.

*

Pampa, cette fois, décide de rester sur la terre ferme. L'ombú est trop loin, et lui trop nerveux pour grimper, pour prétendre à l'exactitude de ses mouvements. Il fait le tour du corps, trace un cercle, un périmètre. Il le contemple et revient sur ses pas. Il cherche le sens du vent, il veut éviter les bourrasques qui colportent les relents de la décomposition. Le vent vient du sud et lui se positionne de ce côté-là, dos au lac. Il s'assied dans les herbes hautes, les jambes croisées. Le voilà installé, le voilà prêt pour ce qui doit arriver. C'est un moment difficile. Il respire profondément pour retrouver son calme. Il n'a rien pris à manger, il n'a pas faim, mais il a soif en revanche. Les herbes humides bougent et lui effleurent le visage. La neige mouille ses épaules et la capuche de son gros blouson. L'humidité est partout, il la sent dans ses os, même s'il a la gorge sèche. Il boit une petite gorgée d'eau à la gourde qu'il a apportée, il avale un peu puis recrache. Il réduit ses besoins au minimum. Il n'est pas là pour le confort ou pour le plaisir. Il est là pour rencontrer un assassin. D'où lui vient la certitude que celui qui a tué et pendu Gretel Castellanos reviendra, il ne le sait pas. Il ne sait pas non plus pourquoi il est convaincu qu'il s'agit de la même personne. Pampa simplifie, parie. L'assassin reviendra. Cette nuit. Il ne supportera pas le silence, il ne supportera pas que son signalement au sujet des pêcheurs à la sauvette n'ait pas mené à la découverte du corps. Serait-ce le vieux Gatti, après tout ? Pampa se refuse à chercher de possibles coupables. Il n'a fait que ça toute la journée sans autre résultat que de s'étourdir. Les gens sont pleins de bizarreries et lui-même est bizarre, il le sait. On le lui a fait comprendre par tous les moyens possibles et imaginables. Non, il ne cherchera pas de possibles coupables. Il attendra le vrai, il le verra arriver, il le découvrira. Pampa est là pour ça, contemplant depuis l'obscurité de la nuit et de la plaine, l'obscurité que l'arbre a su conquérir, en supportant le froid et la caresse gelée de la neige. Et si personne ne venait ? Et s'il devait encore affronter une nuit de solitude devant le corps de Gretel Castellanos ? Pampa refuse de penser à cette éventualité. L'idée le dérange. Au-delà de l'échec que cela représenterait, ce qui le dérange le plus, c'est d'avoir à supporter une fois encore cette intimité. Cette insomnie partagée où il se sent exposé, comme s'il était nu. Pampa chasse cette idée et se met à mâcher méticuleusement ses graines de tournesol. Il cherche un rythme. À faire fonctionner un mécanisme qu'il connaît et maîtrise. Il sait qu'à tout moment les ombres autour du corps commenceront à bouger, et qu'il lui faudra alors être prêt à déterminer si c'est au fond de ses yeux qu'il y a quelque chose ou si c'est l'assassin qui est enfin arrivé. Et il sait aussi que d'un instant à l'autre, l'ombre formée par le corps de Gretel Castellanos bougera également, changera de forme, et il devra être prêt là encore pour ne pas succomber aux caprices liquides de sa vision et de sa fatigue. Il mâche, donc, une à une, ses graines de tournesol. De temps en temps, il ferme les yeux, exprès, car dans la pénombre où il se trouve, les paupières ne clignent pas. Il les ferme et écoute les bruits de la nuit. La marche minutieuse et aveugle des insectes nocturnes, les crissements de choses invisibles qui se cassent, tout près ou au loin, le clapotis du lac derrière lui. Il écoute aussi la neige distiller quand elle cesse d'être neige, parfois même avant de toucher le sol. Le cours du temps ne peut exister que dans les bruits. Pampa ferme les yeux pour mieux sentir qu'il les ouvre. Pour sentir qu'il voit encore, même si devant lui ce n'est qu'un amas de taches noires qui s'unissent et se séparent. Il porte une autre graine de tournesol à sa bouche, la coince entre ses dents et exerce une légère pression pour la diviser en deux moitiés et séparer les deux coques sans les casser. Il les recrache, mord la graine. Et c'est alors que, depuis ses oreilles, la présomption l'envahit, et ses yeux se remplissent de larmes comme lorsqu'il est dans le silo abandonné. Il les referme et écoute de nouveau. Il les rouvre et doute. Est-ce le corps de Gretel Castellanos qui goutte de cette façon ? Et de quelle façon ? C'est un goutte à goutte mathématique, qui a son propre poids qui n'est pas soumis aux variations atmosphériques. Pampa préfère ne pas bouger, ne pas allumer sa lampe pour vérifier si c'est bien le corps de Gretel Castellanos qui goutte de cette façon. Il n'y gagnerait rien. La peur qu'il ressent maintenant se transformerait en autre chose. Pampa avale sa salive, la salive salée que lui a laissée en bouche la dernière graine de tournesol, et tente de ne pas entendre ce bruit de gouttes qui le terrifie. À présent, il donnerait n'importe quoi pour entendre la vache moribonde de la nuit d'avant. Mais c'est comme si la nuit tout entière s'était tue, comme si les insectes s'étaient immobilisés, hypnotisés par ce rythme monotone qui coule du corps de Gretel Castellanos. Plus rien ne se rompt, plus rien ne frotte contre rien, le lac est un abîme sourd dans son dos. Les choses sont désormais séparées les unes des autres. Voilà le silence que Pampa perçoit. Et au centre du silence, ce goutte à goutte. Pampa serre les dents. Alors survient le miracle. Ses dents se mettent à claquer. Ses dents font du bruit. Même s'il le voulait, il ne pourrait pas le contrôler. Pampa est maintenant un insecte, qui ronge la racine de sa peur. Il s'oblige à s'écouter, à ignorer tout le reste. Il y arrive. Et il est tellement concentré qu'il tarde à distinguer au loin, à l'horizon sonore de la nuit, le rugissement d'une voiture qui approche.

*

Les peurs de Gretel Castellanos étaient pareilles à celles de n'importe quelle fille de son âge. C'était des peurs passagères et intenses, qui allaient et venaient et qui parfois, quand elle les partageait avec ses amies, la faisaient rire aussi. Mais l'année où elle a travaillé à la boulangerie, mettant de côté l'argent pour aller étudier à Buenos Aires, sans très bien comprendre pourquoi elle le faisait, elle se sentait plus craintive. Elle pensait à son père et le voyait mort, elle pensait à sa tante et la voyait morte. Elle avait toujours peur de ne plus les revoir, qu'il leur arrive quelque chose quand elle n'était pas avec eux. Certains jours, la peur semblait avoir élu domicile dans sa peau, remplaçant le toucher. Alors elle cherchait un moyen d'évacuer l'angoisse de son corps. Et elle devenait revêche mais aussi audacieuse. Elle savourait davantage le sexe et se sentait malheureuse après. Quand elle sortait avec ses copines, elle était celle qui dansait le plus, celle qui riait le plus, celle qui buvait le plus d'alcool. Mais c'était aussi celle qui était le moins saoule. Son attention ne fléchissait pas. Une nuit où elles n'avaient pas voulu aller en boîte, elles ont acheté une bouteille de vodka, plusieurs canettes de Red Bull et elles ont quitté le village dans la camionnette prêtée par le père de l'une d'entre elles, une Ford Ranger noire aux vitres teintées. Elles ne savaient pas où elles allaient mais s'éloigner leur suffisait. Ce seul élan les unissait et les faisait parler en hurlant. Elles se sont arrêtées en plein milieu d'un chemin de terre dont aucune parmi elles ne savait où il menait. Elles sont descendues et se sont installées à l'arrière de la camionnette. Au début, entre leurs rires, leurs voix entremêlées et le murmure de la musique qu'elles avaient laissée allumée, elles n'ont pas senti les heures passer. Mais à un moment donné, leurs rires ont commencé à s'espacer, certaines ne parlaient plus, et la musique s'est arrêtée. Alors la fatigue s'est fait ressentir. C'était une nuit d'automne étoilée, très calme. Lorsque la première d'entre elles s'est endormie, les autres ont chuchoté. Celle qui s'était assoupie avait la bouche entrouverte et laissait échapper un drôle de sifflement. Les autres ont ri à voix basse. Comploté. C'est Fernanda, la meilleure amie de Gretel, qui lui a versé un peu de vodka entre les lèvres. La fille s'est réveillée apeurée et toutes ont éclaté de rire, même elle, une fois la surprise passée. Ça les a maintenues éveillées encore un peu, mais sans conviction. L'une d'elles a dit qu'il valait mieux rentrer, mais la seule qui savait conduire était trop ivre. Une autre a dit que le mieux était de rester dans la camionnette et remettre la musique. Gretel n'a pas dit ce qui était le mieux ou pas, mais elle a proposé de sortir faire pipi. Elle avait l'impression que sa vessie pouvait exploser à tout moment. Elle a insisté, mais toutes ses amies ont refusé de l'accompagner. Seule, elle est descendue de la camionnette avec une torche, a franchi la clôture et s'est perdue dans un champ. Elle a pissé dans le noir, sentant la forte odeur de l'herbe. Accroupie, elle avait l'impression de voir le champ et la nuit comme jamais elle ne les avait vus. Comme si elle espionnait par le trou d'une serrure. Regardait-elle du dedans vers le dehors ou du dehors vers le dedans ? Elle s'est relevée et a commencé à marcher sans but. À mesure qu'elle s'éloignait, elle sentait un nœud se former dans son estomac et une peur intense lui donner la chair de poule. Mais elle ne pouvait s'empêcher de s'éloigner encore, de marcher sous la lumière tranquille des étoiles, pénétrant ou quittant le silence. N'était-ce pas une croix blanche, cette chose qui brillait dans l'obscurité ? Non, ce n'était pas ça. Quand une heure après, Gretel est retournée à la camionnette, ses trois amies étaient endormies, blotties les unes contre les autres dans la cabine. Elle s'est sentie trahie mais s'est jointe à elles quand même. La peur l'a maintenue éveillée jusqu'à l'aube, et quand ses amies se sont réveillées, elle a fait semblant de se réveiller aussi.

*

Pampa, immobile et incrédule, voit les phares de la voiture qui cahote sur le vieux chemin en bordure du lac. Il est là pour ça, c'est ce à quoi il s'attendait en venant, et pourtant il a du mal à y croire. Le sentier est difficile et la voiture glisse et s'embourbe plus d'une fois. Elle n'a pas plus de deux cents mètres à parcourir, mais la neige et la boue lui compliquent la tâche. Pampa accuse le coup. Cette intimité qui avant le terrifiait a maintenant subitement disparu et il se sent orphelin. Immobile, sidéré, il la regarde approcher. D'après la forme des phares et ce qu'il peut distinguer du capot, on dirait une Renault 12, mais il n'en est pas sûr. Qui a une voiture comme ça ? Pampa se concentre, il est certain de connaître la voiture de tous les habitants du secteur, mais il n'arrive pas à identifier celle-ci. Il passe mentalement en revue chaque maison, chaque famille de Monge. Il élargit, pense aux fermes et aux estancias des alentours, mais ne trouve toujours pas. La Renault 12 poursuit sa pénible course et Pampa ne bouge pas, reste calme. Par défi mais aussi parce qu'il ne parvient toujours pas à y croire. Ce n'est qu'au moment où la voiture prend le dernier virage, pointant ses phares peu à peu dans sa direction, que Pampa bouge enfin. Il parvient à ramper en arrière et à se cacher entre les arbustes quelques secondes avant que la lumière n'éclaire le corps de Gretel Castellanos. Il essaie de ne pas regarder, mais regarde quand même. Les faisceaux lumineux montent et descendent au rythme des irrégularités du chemin. Ils découpent le corps en formes changeantes, en font une ombre noire et agitée. Pampa n'arrive pas à voir grand-chose, hormis que le corps semble plus gonflé et distendu. Comme si c'était celui d'une vieille femme. Comme si Gretel Castellanos avait vieilli dans la mort. Pour la première fois, Pampa pense à la beauté et à la jeunesse de la fille du quincaillier, et il s'étonne. Ici, il n'y a ni l'une ni l'autre. Les lumières gagnent du terrain, le rugissement de la voiture envahit tout. Elle s'arrête à moins de cinq mètres. Les phares illuminent le corps de Gretel Castellanos, le moteur ronfle, la neige continue de tomber. Pendant quelques minutes, tout reste ainsi. Les phares, le corps, le moteur, la neige. Et

Pampa, en embuscade, qui se retient et ne sort pas son arme. La portière s'ouvre enfin côté conducteur et un homme descend. Quand il s'avance vers le corps et entre dans le cône de lumière, Pampa le reconnaît. Il approche d'un pas maladroit, trébuche mais ne tombe pas, porte à son visage le creux de son coude. Il se couvre la bouche et le nez, mais ne peut retenir le vomissement. Il tombe à genoux, a des hauts le cœur. Quand il a fini de vomir, il pleure. Son corps est parcouru de secousses dans les faisceaux de lumière. Celui de Gretel Castellanos a-t-il cessé de goutter, de se vider de son eau ? On n'entend rien dans la nuit, sauf les pleurs de cet homme. On n'entend rien sauf les pleurs graves d'Orlosky.

Je suis l'hiver.
Je suis l'hiver.
Je suis l'hiver.
Je suis l'hiver.
Je suis l'hiver.

Chapitre 3
Pampa, Gretel, Orlosky

QUAND ils sont venus le chercher, Orlosky a cru qu'il avait fait quelque chose de mal. Il croyait toujours qu'il avait fait quelque chose de mal, mais cette fois, il s'est dit que ce devait être pire. Les trois hommes sont descendus d'une Fiat pimpante dans laquelle, estimait-il, il ne pourrait jamais tenir, et l'un d'eux a frappé dans ses mains devant la maison jusqu'à que son père se montre. Orlosky les a vus par la fenêtre de sa chambre et a tout de suite compris que c'est lui qu'ils cherchaient. Il a dévalé les escaliers et disparu à l'arrière de la maison. Arrivé là, il n'a plus trop su quoi faire et il est resté debout devant le grillage, à caresser l'un des chiens tandis que les autres aboyaient. Les hommes ont d'abord parlé un long moment avec son père, puis avec sa mère, et pour finir, ils sont venus le chercher. Du coin de l'œil, faisant semblant de donner à manger aux chiens, Orlosky les a vus approcher. Sur les trois hommes, il en reconnaissait deux, qui habitaient le village. Pas le troisième, celui qui marchait devant, au centre. Les deux qu'il connaissait se sont contentés de sourire et d'acquiescer pendant toute la conversation. Ils n'ont parlé ni avec lui ni avec ses parents. Celui qui a parlé, qui a convaincu ses parents et qui l'a convaincu lui, ça a été l'inconnu. Avec le temps, Orlosky apprendrait son prénom, il saurait quand son sourire était sincère et quand il ne l'était pas, il apprendrait à distinguer les choses qu'il aimait de celles qui le mettaient en colère. Et avec le temps, il rencontrerait encore beaucoup d'autres inconnus, qui le regarderaient et le jaugeraient comme cet homme ce matin-là. Orlosky, ça l'a toujours gêné. Lui, il aurait aimé savoir ce qu'ils calculaient, et leur rendre la pareille. Mais il ne savait pas comment faire. Le matin où ils sont venus le chercher, Orlosky avait quatorze ans ; du monde, il n'avait pas vu grand-chose, et il en attendait encore moins. Il y avait la maison, sa famille, l'école primaire qu'il avait abandonnée, le travail à la laiterie des Ferreyra, où travaillaient aussi son père et ses frères. C'était tout et ça lui allait. Orlosky était peureux et timide, et il était avec ça l'unique Orlosky. Personne n'appelait son père ou ses frères par leur nom de famille. Seulement lui. Et il croyait toujours qu'il avait fait quelque chose de mal pour la simple et bonne raison qu'il n'était jamais sûr de ce qu'il avait fait. À quatorze ans, Orlosky mesurait déjà deux mètres et son corps lui pesait. Il occupait plus d'espace qu'il n'aurait voulu, beaucoup plus, ses mouvements étaient amples et maladroits, il avait toujours plus faim que les autres et, quand il se décidait à parler, sa voix était comme le cri d'un oiseau menacé, un son étranger parmi tous les autres. Et pourtant, il y avait là cet homme qui lui souriait, qui lui faisait une proposition qu'il ne pouvait refuser. Il n'avait rien fait de mal, non. Mais alors, quel calcul cet inconnu faisait-il dans son demi-sourire ? Quel calcul ont fait les inconnus qui se sont succédé dans les années suivantes ? Calculaient-ils son poids, la capacité de ses maigres muscles, sa résistance ? Mesuraient-ils son intelligence, sa bonté, sa méchanceté ? Essayaient-ils de prédire, comme un bûcheron devant l'arbre, de quel côté il tomberait, le moment venu ? Car chez tous, dans le regard de chacun des inconnus qu'Orlosky croiserait dorénavant sur son chemin, outre la volonté de déterminer s'il était bon ou mauvais, intelligent ou idiot, résistant ou faible, il pourrait reconnaître l'expectative, la conviction que tôt ou tard ils le verraient tomber pour ne plus se relever.

*

Dans la lumière des phares, encerclé par l'obscurité de la nuit, par le fantomatique et trouble scintillement de la neige, Orlosky pleure, pris de soubresauts. Il est toujours agenouillé devant le corps de Gretel Castellanos, le corps de la fille du quincaillier pendu à l'arbre car il l'y a pendue. Il essaie de vomir encore, mais de sa bouche difforme ne coulent que d'épais fils de bave. À quelques mètres de lui, Pampa Asiain sait que l'homme est immense sans avoir besoin de le voir debout. Que la lumière des phares étire ou non son ombre tremblante et démesurée presque jusqu'à sa cachette, cet homme est quoi qu'il en soit l'un des plus grands qu'il ait jamais vus. Il l'a déjà vu tituber et tomber, ivre, mais qui ne tituberait pas de devoir supporter un corps pareil ? Orlosky ne vit pas à Monge, c'est un visiteur occasionnel du bar de Rocha, et à présent que Pampa le voit comme ça, son immense dos courbé, ses épaules osseuses tremblantes, ses mains difformes, il se rend compte que cet homme ne peut vivre nulle part. Il est toujours en mouvement parce que s'il cessait de bouger il s'écroulerait sans plus pouvoir se relever. Pampa l'observe, il fait l'inventaire de son désespoir. Et dans le même temps, il fait autre chose : il sort son arme réglementaire et vise. Il vise l'énorme ombre d'Orlosky. Pampa n'a pas l'intention de tirer, mais il vise quand même, pendant un long moment. Et ils restent là. Orlosky à genoux, qui pleure, le corps de Gretel Castellanos tel un pendule immobile, qui paralyse l'aube du matin, et Pampa qui vise avec son 9 mm. Le pouls de Pampa est stable. Sa respiration est posée. Il joue à l'intérieur de sa bouche avec une graine de tournesol qu'il ne se décide pas à manger.

Orlosky est-il l'assassin ?

Pampa en est certain mais il ne sait pas quoi faire de cette certitude. Il devrait l'arrêter, intervenir avec toute l'autorité dont il est investi, et pourtant il ne le fait pas. Il manque quelque chose dans toute cette scène, il manque quelque chose. Pampa sait qu'Orlosky est l'assassin, mais c'est comme si la question était ailleurs, comme si son devoir était ailleurs. Les phares de la voiture, l'homme agenouillé, la femme pendue. En réalité, c'est moins quelque chose qui manque que quelque chose en trop, car Pampa sent à présent que c'est lui qui viole leur intimité. Cet homme à genoux et cette femme morte forment une image très ancienne. Pampa le garde en joue mais, un instant, cesse de voir en lui Orlosky et en elle la fille du quincaillier. Ils sont un homme agenouillé, qui pleure, et une femme qui pend, morte. La superstition envahit Pampa, une religiosité imprévue. Comme s'il était témoin d'une chose interdite. Orlosky semble non seulement pleurer, hoqueter comme un rhinocéros malade, mais aussi prier. Et elle, désormais, resplendit, sa pâleur cadavérique et ses clairs-obscurs putréfiés, par un étrange prodige, ont pu prendre l'aspect d'un minerai sacré. Les yeux de Pampa se remplissent de larmes. Il baisse son arme et attend. Cette scène antique et anonyme lui est défendue, il ne peut pas y participer, il ne devrait pas être là, en être témoin. Mais Pampa n'est pas un homme pieux et il sait que quel que soit ce qui est train de se passer, ça ne durera pas. Orlosky arrêtera de pleurer et se relèvera, il sera enfin l'assassin. Le corps de Gretel Castellanos perdra sa lueur étrange et poursuivra son opaque chemin vers la décomposition. Et alors, ce sera à lui d'agir. Pampa est patient, il sait attendre. Il essuie ses larmes et lève de nouveau son arme. Il vise l'énorme silhouette d'Orlosky et joue avec la graine de tournesol dans sa bouche sans se décider à la croquer avec les dents. Il n'est pas nerveux, mais pas tranquille non plus. Lui qui ne se demande même pas d'habitude si Dieu existe vraiment, a l'ingrat pressentiment que cette nuit, quoi qu'il fasse, il finira par pêcher.

*

Buenos Aires déconcertait Gretel. Elle ne savait plus si elle avait faim ou sommeil, et elle avait toujours comme envie d'aller aux toilettes. Les premières semaines, elle s'est laissée emporter par l'enthousiasme de cette nouvelle vie. Il y avait des choses qu'elle voulait oublier, sans savoir très bien quoi. Elle glissait à travers cours, couloirs, fêtes et dîners. Elle sentait l'électricité d'une friction permanente. Tous étaient des inconnus et elle aussi. Jusqu'au matin où, alors qu'elle luttait pour ne pas s'endormir en cours d'économie, elle a pensé à son père et à sa tante. Elle voyait leurs visages et leurs gestes. C'était eux et pas eux à la fois. Elle n'arrivait pas à distinguer ce qu'ils faisaient ou disaient. Ils lui échappaient. C'est alors qu'elle a pris conscience qu'il y avait des choses qu'elle ne voulait pas oublier.

Cette nuit-là Gretel a appelé son père et sa tante, et s'est calmée en entendant leurs voix. Ensuite, elle est allée se coucher mais n'a pas trouvé le sommeil. Elle a beaucoup pleuré, ce matin-là. Le besoin d'oublier était aussi intense que le besoin de se rappeler. Elle pensait rentrer à Trenque Lauquen, rentrer à Monge, mais elle se disait que ces endroits n'existaient plus. Que seule existait cette chambre où elle ne pourrait plus jamais dormir. Apeurée, elle a allumé la lampe de chevet. La pièce où elle se trouvait n'était pas sa chambre. C'était un endroit désert et inconnu. Elle-même était déserte et inconnue. Elle a éteint la lumière et s'est recouverte jusqu'à la tête. Là, sous la tiédeur étouffante des couvertures, elle a entrevu le souvenir. Elle, accroupie, l'odeur de l'herbe et de sa propre urine, et une paix terrifiante. Était-ce vrai, se pouvait-il vraiment qu'en cet instant précis tout le monde dorme sauf elle ? À partir de cette nuit-là, sous les couvertures, elle ne pouvait s'empêcher de soupçonner qu'il en était ainsi. Derrière les rires de ses camarades de fac, les voix des professeurs, le trafic incessant des bus et des voitures, les téléphones sonnant partout et à toute heure, les spasmes des amants de passage, au fond de l'horizon sonore, le silence du monde était un animal aux aguets. Elle ne l'a pas supporté.

Elle a vécu moins de six mois dans une résidence d'étudiants à San Telmo, puis elle est partie. Les quelques personnes qu'elle avait connues ont vite fait de l'oublier, et elle, vite fait de les oublier.

Cependant, elle n'est retournée ni à Monge ni à Trenque Lauquen. Armée d'une détermination surprenante, elle s'est installée à Rojas dans un hôtel et a cherché du travail. Une semaine plus tard, elle louait une chambre dans une pension familiale et travaillait comme serveuse dans l'un des bars de la place centrale. Son père, elle l'appelait au téléphone et sa tante, elle lui écrivait des mails. Il était plus facile de mentir à son père qu'à sa tante. Aux deux, elle disait qu'elle continuait les études, et elle mentait si bien qu'elle en venait même à penser qu'il ne devait pas être si désagréable de vivre à Buenos Aires, qu'elle devrait réessayer. À ses heures d'ennui, elle fantasmait d'y retourner l'année suivante. Et ses heures d'ennui étaient nombreuses. Le meilleur moment de la journée, c'était très tôt le matin, quand le bar venait d'ouvrir. En servant les premiers petits-déjeuners et cafés, Gretel voyait les gens passer sur le trottoir ou traverser la place. Tous semblaient savoir où ils allaient, et elle aussi sentait alors qu'elle le savait, que ses oublis et ses souvenirs s'équilibraient. Non, ça ne pouvait pas être si difficile après tout. Il n'y avait pas tant de choses que ça à savoir. Voilà à quoi pensait Gretel jour après jour en manipulant la machine à café. Et elle se perdait tellement dans ses pensées qu'un matin d'hiver elle ne s'est pas rendu compte que le jeune homme auquel elle venait de servir un café au lait et trois croissants, c'était Esteban. Il était toujours grand et mince, et il était assis à la dernière table, tout au fond, comme d'habitude.

*

Alors qu'il semble avoir épuisé toutes ses réserves de douleur, Orlosky se met debout. D'abord il se plie, comme s'il allait se coucher, puis il prend son élan et se lève en gémissant. Il respire fort, la bouche ouverte, comme si au lieu d'être dans la nuit la plus froide de l'hiver il était en été sous un climat tropical. Il sort un mouchoir de la poche arrière de son pantalon et s'essuie la bouche, le visage. Il le regarde et s'essuie à nouveau. Ensuite il le remet dans sa poche et, sans bouger, il se résout à affronter le corps de la fille du quincaillier. L'angoisse semble l'avoir quitté et ne lui reste qu'une fatigue infinie.

Caché dans les arbustes, Pampa pointe vers lui son Beretta, se range derrière celui-ci, se protège. La simple équation de l'arme lui évite de retomber dans la superstition. Son pouls ne tremble pas, même quand Orlosky se met en mouvement. Ses pas sont lourds et de sa bouche entrouverte sort un sifflement profond. Il est tellement grand que lorsqu'il est devant le corps pendu, sa tête et celle de la fille sont à la même hauteur. Il est à moins d'un demi-mètre et semble supporter l'odeur sans problème. Seul un changement dans le sifflement rauque de sa respiration trahit son effort. Il reste là, réfléchit à ce qu'il va faire. À un moment donné, il s'agite à l'idée que, peut-être, quelqu'un l'observe, et il regarde autour de lui. Pampa ne bouge pas, ne cherche pas à se cacher plus qu'il ne l'est déjà. Il sait qu'un seul mouvement suffirait à le trahir. Orlosky regarde autour de lui, mais loin, parce qu'il ne sait pas regarder plus près. La nuit, la plaine, la neige presque invisible qui flotte dans l'obscurité. Orlosky décide qu'il est seul, que personne ne viendra le tirer de la situation où il se trouve, alors il grogne, il parle tout seul, il dit des choses que Pampa n'arrive pas bien à entendre. Il a dit, semble-t-il, « c'est mieux », en se retournant et en se dirigeant vers le coffre de la voiture. Mais il a aussi bien pu dire « terrier ». Pampa le suit des yeux, son arme toujours pointée. Il a le bras qui commence à fatiguer et il s'aide avec l'autre, en se tenant le coude, pour le maintenir droit. Orlosky sort du faisceau de lumière et sa silhouette grandit dans l'obscurité. Comme si la lumière le ramenait à une dimension crédible, à une taille que le regard des autres peut accepter. Sans elle, Orlosky est si grand que la voiture a l'air d'une pièce de manège. Pampa vise dans l'ombre et pour la première fois, il se demande, au cas où il tirerait, si son arme serait efficace, si elle suffirait à abattre pareille masse. Il se pose la question mais n'y répond pas, car Pampa sait qu'il ne tirera pas. Orlosky, pendant ce temps-là, a ouvert le coffre. Il fouille et déplace des choses, geint mais ne pleure pas. Par moments, Pampa croit percevoir un mot, quelques syllabes au hasard. C'est comme s'il disait « fourminoire », « givre », « arbresec ». Il sait que ce n'est pas vrai. Sa main serrée sur la crosse, il vise. Il sent la tension de son doigt sur la détente, raidi par le froid mais au bord du geste définitif.

Quand Orlosky revient dans le faisceau lumineux, Pampa voit ce qu'il a dans les mains : une toile de tente et une machette. L'espace d'un instant, le moral de Pampa s'effondre. Il est accablé, non à l'idée qu'Orlosky découpe le corps, mais de voir que la scène est sur le point d'être modifiée. Se serait-il habitué à elle ? Est-ce cela ou sa conscience professionnelle qui s'émeut qu'on modifie une scène de crime ? Mais Pampa sait qu'aucun crime n'a eu lieu ici, que ça s'est passé ailleurs, et que ce qu'il a devant lui est une scène. Juste une scène. Une scène qui est sur le point de disparaître. Pris d'une horreur qui lui emplit de nouveau les yeux de larmes et lui assèche la gorge, Pampa contemple incrédule le travail méticuleux d'Orlosky. Le géant a déployé la bâche sous le corps, s'est arrêté pour observer, l'a tirée un peu pour la centrer. Puis il a occupé la toile, comme s'il faisait son entrée au théâtre, et s'est arrêté devant le corps, tout près. L'un de ses longs bras l'entoure, l'enveloppe, et Pampa voit la main aux doigts difformes qui s'accroche avec une étrange fermeté, qui s'agrippe à la hanche comme un crochet non dépourvu de délicatesse. Orlosky agit avec la résolution d'un abatteur de bestiaux. Le bras libre, la machette en main, s'élève. Cherche la corde, la trouve et commence à couper. Il ne le fait pas d'un coup mais en la sciant. Le corps tourne sur lui-même et Orlosky avec lui. Et ce faisant, il gémit dans l'effort. Il lui faut baisser le bras deux fois avant de terminer. Il semble avoir beaucoup de mal à le relever. Finalement, la corde cède. Le corps de Gretel Castellanos s'écroule sur les bras d'Orlosky, et celui-ci, en un mouvement d'une élégance inespérée, s'écroule avec lui, tourne et le dépose sur la bâche. Le corps est en position allongé et Orlosky à genoux, les mains appuyées de chaque côté de la tête de Gretel Castellanos. Sa respiration ne siffle plus maintenant, il halète. L'effort a semblé si grand que Pampa craint qu'Orlosky ne s'effondre sur le corps de la fille. Mais le géant ne s'effondre pas. Laborieusement, il se met debout, quitte la bâche et contemple ce qu'il a fait. Il calcule. Il revient au corps et le traîne par les jambes pour le placer à l'une des extrémités. Puis il le recouvre avec le bord de la toile et le tourne en sens inverse. Le corps disparaît sous les couches de la bâche. Orlosky pousse et enroule. Il parle tout seul comme s'il en avait besoin pour respirer. Quand il a fini, il tâtonne, cherche la meilleure prise et soulève. La voix du géant est un souffle profond et douloureux. « Fourminoire », « givre », « arbresec », « terrier », c'est ce qu'il semble dire, mais il ne dit rien de tout cela. Orlosky porte le corps jusqu'au coffre de la voiture. Il le dépose à l'intérieur et se met au volant. Avant que Pampa ne prenne conscience de ce qui vient de se passer, la Renault 12 est déjà en route sur le vieux chemin du lac. Pampa reste seul, dans le noir. Il peine à se le dire mais il faut qu'il le fasse. Il doit suivre Orlosky, il ne doit pas perdre sa trace. Il se relève et sent le craquement de ses articulations. Tandis qu'il se dirige là où il a caché sa moto, trébuchant dans les herbes et marchant dans les flaques laissées par la neige, il parle seul, lui aussi.

*

Dans l'école Vucetich d'Olavarría, il y avait un fantôme. Tout le monde le savait et disait l'avoir vu un jour, même Pampa, qui à l'époque était si peu de chose qu'il ne voulait pas être moins que ça : un cadet maigrichon et de petite taille qui se cherchait du coin de l'œil dans les miroirs des toilettes, craignant de ne pas s'y trouver, et méfiant aussi. Il avait parfois du mal à croire que c'était bien lui qu'il voyait. Le fantôme était justement celui d'un cadet. Il apparaissait d'habitude aux abords de la caserne, à l'aube, à l'ombre des arbres qui entouraient le bâtiment. Les histoires variaient, mais finissaient toutes par une mort tragique et solitaire. Et à chaque description, Pampa, qui en réalité ne l'avait jamais vu, sentait ce froid lui monter dans le dos. Le fantôme que ses camarades décrivaient lui ressemblait beaucoup, vraiment beaucoup. Mais que faisait-il, quels étaient ses actes, ses gestes, comment réagissait-il en présence des vivants ? Pampa écoutait les histoires sans y croire. Il n'était pas sûr que ce fantôme existe réellement, mais il était sûr en revanche qu'il n'agissait pas comme le disaient ses camarades. Lui pouvait le dire, lui pouvait l'affirmer, car sous la table de la cuisine, il avait cohabité avec le fantôme de la jambe de son père. Et parfois, il regardait le moignon si longtemps et si fixement que la jambe apparaissait. Alors le père grattait l'air, l'écho d'une démangeaison, ou pliait le genou avec une nostalgie qui n'était pas de ce monde. Pour Pampa, croire aux fantômes n'était pas céder à la superstition, mais une simple déduction. Quiconque observait le fonctionnement des éléments était obligé d'y croire. Un fantôme n'était rien de plus qu'un écho mécanique, un bout de quelque chose qu'on avait définitivement perdu. Et qu'est-ce que c'était ? Un bout, rien de plus, il n'y avait pas d'autre façon de le dire. Un fantôme était un extrême, une extrémité, un muscle qui continuait de fonctionner malgré tout. Voilà pourquoi Pampa, qui n'avait pas vu le fantôme du cadet, savait qu'il ne pouvait pas faire toutes ces choses qu'on prétendait. S'il existait, il se contentait de répéter des gestes, de retracer des parcours, qui à force d'avoir été faits tous les jours de son vivant, étaient encore là. Car Pampa, élève appliqué, savait qu'à chaque mouvement nous laissons tous quelque chose, nous perdons tous quelque chose, peau, cheveux, autant de substances qu'il identifiait dans les cours de criminologie. C'est la raison pour laquelle il se tâtait le corps, il se comptait les côtes. Pampa, encore dans l'effervescente précarité de l'adolescence, se sentait à un stade extrême. Le pire moment, c'était après la douche matinale. La peau irritée par l'eau chaude, qu'on ne pouvait pas régler, il se regardait du coin de l'œil dans les miroirs de la salle de bain et se demandait quel genre d'extrémité, lui, il représentait. Il se séchait, se frottait furieusement avec sa serviette et se surveillait du coin de l'œil dans les miroirs jusqu'à en être rassuré. Pampa, qui n'était ni superstitieux ni ingénu, était convaincu que s'il y avait bien une chose qu'un fantôme ne pouvait pas faire, c'était regarder du coin de l'œil.

*

Le ciel de l'aube est blanc. Il ne neige plus, enfin la neige a cessé. Pampa contemple l'étendue rétrécie de la plaine et sent qu'il y a dans sa fatigue un abattement nouveau. Cela fait deux nuits qu'il n'a presque pas dormi, et il accueille avec indifférence cette nouveauté capable de le faire pleurer : la neige ne tombe plus. Mais Pampa ne pleure pas, ni maintenant, ni après. Cette plaine étrange et éclatante possède un centre, et ce centre est une grande maison abandonnée, un corps de ferme aux fenêtres condamnées et au toit à double versant au bord de l'effondrement. Une partie de la maison s'est déjà écroulée et, à une cinquantaine de mètres, il y a deux autres constructions, insignifiantes et sinistres. Près du bâtiment principal se trouve la Renault 12 d'Orlosky. Pampa fait le guet à l'abri des arbres qui entourent la maison. Il a suivi de loin, des heures durant, les phares de la voiture, et quand il l'a vue s'arrêter, il a fixé des yeux cette zone d'ombre, a caché sa moto et s'est approché à pied. Il a déjà fait quatre fois le tour de la maison, d'arbre en arbre, d'ombre en ombre, à la recherche du meilleur point de vue, de la meilleure cachette.

Mais la maison est tellement bien fermée qu'il n'a rien pu voir de ce qui se passe à l'intérieur, et la clarté de l'aube l'oblige maintenant à rester immobile et à se cacher. Orlosky est entré depuis plus d'une heure déjà dans la maison et n'en est pas ressorti. Pampa attend et, à la surface des choses, cherche un indice de ce qui est en train de se passer. Mais ce n'est pas facile de ne regarder que la surface des choses, de ne pas regarder la voiture, de ne pas voir en même temps le contenu du coffre, le corps de Gretel Castellanos enveloppé dans une bâche. De ne pas regarder la maison et voir Orlosky à l'intérieur, qui parle tout seul, qui va d'un bout à l'autre de la pièce comme un fauve en cage. Qui parle tout seul comme un fauve en cage. Que fait Orlosky ? Qu'attend-il ? Pampa se le demande pour éviter de se demander ce que, lui, il attend. Il sait seulement qu'il n'y a pas de retour en arrière possible. S'il lui fallait rentrer à Monge maintenant, il ne saurait pas comment. Orlosky a évité les routes principales, a déambulé par des chemins de traverse dont Pampa ignorait l'existence. De longues heures pendant lesquelles il avait parfois l'impression qu'ils tournaient en rond ou qu'ils plongeaient dans des paysages plus obscurs. Des versions plus farouches de la même plaine et de la même nuit. Ou alors peut-être faisaient-ils les deux à la fois, tourner en rond et plonger, comme un trajet en spirale. Car Pampa, en homme de la plaine, a l'intuition qu'on ne passe jamais deux fois au même endroit. Que c'est impossible. Mais alors où sont-ils ? Quel est cet endroit ? Que fait Orlosky ? Sous la lumière de l'aube encore jeune, dans l'aurore excessive pouvant le trahir, Pampa admet qu'il ne peut plus attendre, qu'il doit agir. Il se met debout et fait deux pas en direction de la maison, mais c'est alors qu'il voit Orlosky sortir par la porte principale. Il se jette à terre. Le géant tient quelque chose dans sa main, un objet noir de petite taille qu'il lève au ciel, qu'il regarde puis hausse à nouveau. Il marche, fait deux pas en avant, sur le côté, revient sur ses pas, l'objet continuellement levé, se plaignant continuellement en marmonnant. La chose qu'Orlosky tient dans sa main est un téléphone portable, et ce qu'il cherche, c'est du réseau. Pampa, le visage plaqué contre le givre, le contemple ému. Orlosky se déplace comme s'il s'agissait d'un rituel, d'une cérémonie, traçant d'étranges figures dans la neige craquelée. Il y a donc quelqu'un d'autre. Derrière la surface des choses, Pampa le sait désormais, il y a quelqu'un d'autre.

*

En échange d'un toit et de nourriture, Orlosky a passé toute son adolescence à s'entraîner deux fois par jour. Deux heures de basket le matin, deux heures de plus l'après-midi, et une séance de musculation à la tombée du jour. Au début, Orlosky a trouvé agressifs les gens du club de Sunchales, qui l'avait recruté. Il y avait une joie violente dans leur façon de lui dire bonjour et de lui taper l'épaule chaque fois qu'ils le croisaient dans la rue ou au club. Ils portaient tous dans leurs sourires et leurs regards le calcul, les objectifs, ce qu'ils attendaient de lui. Mais avec l'aide de l'homme qui était venu le chercher, l'entraîneur de l'équipe, il a découvert qu'il existait un lieu où ces regards et ces sourires devenaient naturels : le terrain de basket. Il a aussi découvert qu'il était doué pour répondre aux attentes. Il progressait très rapidement, comprenait le jeu sans effort et, pour la première fois de sa vie, sa taille et sa stature étaient devenues pour lui des objets de fierté. Orlosky, vingt ans plus tard, prisonnier de l'alcool et des douleurs chroniques de son corps vaincu, se rappellerait toujours cette époque avec plus d'étonnement que de nostalgie. Six années de confusion et de bonheur. Les deux à la fois, inséparables l'une de l'autre. La confusion et le bonheur étaient une sensation physique, ils suivaient le développement et la torsion des muscles sollicités pendant les entraînements. Une fois que la culpabilité, qui jusqu'alors ne l'avait pas quitté, a laissé vide la caisse de résonnance de son cerveau, celle-ci s'est remplie d'échos inattendus, de ferveurs anonymes, d'une solitude lumineuse qui le plaçait au centre des choses. À la veille des matchs, il sentait ses pensées se tendre, comme une peau qui a passé trop de temps au soleil. Ses pensées le démangeaient. Quelque chose alors l'aveuglait. Et avant qu'il puisse s'en rendre compte, il était déjà en train de jouer, de courir, de sauter, de dribbler, d'esquiver des adversaires, de viser le panier. C'était des mouvements et des actions sans mémoire, unis entre eux par une logique parfaite qui ne lui appartenait pas. La nuit, recroquevillé dans le lit où il tenait à peine, Orlosky tentait de se rappeler les différents moments du match, la progression des résultats, ses actions, mais tout se mélangeait. Au loin, les cris des gens et de l'entraîneur, le sifflement de l'arbitre, l'alerte du panneau des scores, et plus près de lui le crissement silencieux des baskets sur le parquet, le rebondissement du ballon et le frôlement des corps en lutte. Au milieu de cette confusion, il trouvait le sommeil et, dans son sommeil, pendant son sommeil, Orlosky continuait de grandir encore et encore.

*

La voix d'Orlosky, dans la distance cristalline du matin, n'est pas la même que cette nuit. Réverbérée par les arbres proches, elle se perd lentement dans les champs. Elle est faible et insistante. Maintenant, le géant semble bégayer tandis qu'il marche autour de la Renault 12. C'est de la timidité, mais Pampa le soupçonne aussi d'être ivre. D'avoir, dans la grande maison, passé son temps à boire comme il le fait d'habitude dans le bar de Rocha. Très souvent, il l'a vu boire du gin comme si c'était de l'eau, en longues gorgées sans grimacer à la fin. Chaque jour, la peau de son visage paraissait plus grise et plus flasque. Derrière l'arbre où il s'est caché, accroupi pour se soustraire à la vue d'Orlosky et au froid, Pampa essaie de se souvenir de ce qu'il pensait de cet homme quand il le voyait se saouler. De ce que disaient les autres habitués. Il n'arrive pas à en reconstituer grand-chose. Des bouts de phrase, des pensées en boucle qui tournent autour du malheur et de la démesure, rien qu'il n'ait sous les yeux à l'instant même, alors qu'Orlosky jacasse et marche autour de la voiture. Il est conscient d'avoir échoué, de ne pas avoir été suffisamment attentif. « Un bon policier est toujours en alerte, disait l'un de ses professeurs. Il est facile d'être attentif quand il y a un danger ou sur une scène de crime. Ce qui fait la différence entre un bon et un mauvais policier, c'est qu'un bon policier reste attentif y compris quand il ne se passe rien. » Et lui n'a pas été attentif, il n'a pas été alerte. Il a quelque part l'impression de voir Orlosky pour la première fois et il s'étonne de voir tout ce qu'il voit. Cependant, même s'il en a déjà vu beaucoup, il y a encore des choses qui lui échappent. Avec qui le géant parle-t-il ? Et quel que soit ce qu'il réclame, à qui le réclame-t-il ? Car dans ce murmure grave et inintelligible, Pampa perçoit le ton, le rythme du reproche. Orlosky se plaint. Il proteste et proteste encore. Dans l'âpre couplet porté par le vent, rien n'indique l'intelligence nécessaire au déroulé d'un dialogue. C'est la litanie d'une lamentation, d'un vœu sourd. Pampa entend et se rappelle la plainte de la vache moribonde dans la nuit. La vache, le corps de Gretel Castellanos,

Orlosky. La vache enterrée sous la neige incongrue. Le corps de la fille du quincaillier enveloppé dans une bâche à l'intérieur du coffre. Orlosky serait-il aussi en train de mourir ? Il y a un peu de ça dans la pesanteur de sa marche circulaire. Par moments, Pampa croit qu'Orlosky va déambuler autour de la voiture, autour du corps de Gretel Castellanos enfermé dans le coffre, jusqu'à ce qu'il tombe mort. C'est ce qu'il croit, ce qu'il attend presque, hypnotisé par la scène comme par la fatigue des nuits d'insomnie. Orlosky est comme un grand oiseau charognard qui a subitement perdu son instinct, qui ne sait plus quel est son rôle, ce qu'il a à faire devant la mort. Pampa, en revanche, à la limite de la conscience et de l'épuisement, n'est plus qu'instinct, simple température qui se fond presque dans le froid du matin.

*

Tout compte fait, le rire d'Esteban n'était pas silencieux. Quand il riait, son corps tremblait et un souffle étrange s'échappait de sa bouche entrouverte. Alors Gretel montait sur la pointe des pieds et l'embrassait. Elle ne voulait pas entendre ce souffle. Ça la rendait triste. Ça lui faisait penser à une roue de bicyclette qui se dégonfle. À une roue de bicyclette qui se dégonfle dans un coin obscur. Dans un coin obscur d'une maison où il y a beaucoup de coins obscurs.

Depuis leurs retrouvailles, Esteban l'attendait tous les après-midis à la sortie du bar. Il portait un costume car il avait obtenu un poste à la mairie de Rojas, et, avec les cheveux courts, il avait l'air encore plus maigre qu'au lycée. Gretel aimait le voir debout sur la place, les mains dans les poches, un peu voûté et comme rangé là. Il n'y avait personne ni devant ni derrière lui, mais il avait l'air rangé en file indienne, comme s'il était encore dans la cour de l'école, tout derrière. Pendant qu'elle faisait les comptes avec le caissier, pendant qu'elle retirait son tablier, pendant qu'elle traversait la rue, Gretel le regardait. Il y avait à présent quelque chose chez Esteban qui lui rappelait Obarrio, le professeur de géographie. Quelque chose qui éveillait sa curiosité et sa tendresse. Aucun des deux n'avait d'amis en ville, c'est pourquoi après s'être retrouvés, ils ne se sont quasiment plus quittés. Ils passaient leurs après-midis et leurs nuits ensemble dans le petit appartement qu'Esteban louait à deux pâtés de maisons de la place. Gretel faisait beaucoup rire Esteban. Esteban riait de son rire facile qui n'était pas silencieux et alors Gretel l'embrassait pour ne pas devenir triste. Mais tous deux avaient trop de temps à tuer et passaient trop de temps ensemble, alors à un moment donné la tristesse, le désarroi, faisaient leur apparition. Chacun avait ses raisons. Celles de Gretel tenaient à beaucoup de choses, à Buenos Aires, à sa mère morte, à son père vivant, à sa tante. Les raisons d'Esteban tenaient exclusivement à ses parents morts dans un accident de la route à peine un an auparavant. « Accident de la route » disait Esteban, et Gretel se demandait si c'était la même chose que de dire « accident de voiture », si c'était la même tragédie, mais elle n'osait pas lui demander. Esteban, de son côté, avait d'autres questions qu'il n'osait pas poser. Certaines étaient pour Gretel, d'autres pour lui-même, mais la plupart ne s'adressaient à personne, c'était des questions comme des coins obscurs dans une maison pleine de coins obscurs que personne ne remarque plus.

Quand la tristesse arrivait, la seule solution qu'ils trouvaient était le sexe. Encore et encore jusqu'à en être exténués et insensibles dans la pénombre du studio, sans pouvoir s'endormir. Les bruits nocturnes de la petite ville échouaient à couvrir le silence des champs voisins.

*

Orlosky n'est plus au téléphone, ne se plaint plus, mais continue à tourner autour de la Renault 12. Sa conversation s'est interrompue brutalement et il s'est retrouvé à parler seul, une question comme un mot répété dans le silence limpide du matin. Finalement il s'est résigné à ranger le portable. Il a douté un instant, s'est éloigné de la voiture, puis a recommencé à tourner en rond. Sa marche est celle d'un condamné, comme si quelqu'un l'obligeait à avancer sous la menace d'un fusil. C'est aussi une marche douloureuse et hypnotique qui semble ne jamais vouloir s'arrêter. Orlosky tourne en rond sur la neige craquelée et la boue, respire bruyamment comme si chaque pas le faisait souffrir à un endroit différent du corps. Par moments, il lance une phrase en l'air que Pampa, depuis sa cachette, essaie d'intercepter et de déchiffrer sans y parvenir. Dans l'air gelé du matin, la phrase reste en apesanteur une seconde et, avant de disparaître, se brise comme du cristal. Pour une raison ou une autre, Pampa a la certitude que ce qu'Orlosky dit maintenant, que ces petits bouts de phrases qui se brisent avant de n'être plus que silence, sont plus importants que la litanie plaintive du téléphone. Il veut les entendre, il veut s'approcher, mais il ne voit pas comment, à moins de trahir sa présence. Orlosky semble replié sur lui-même, absorbé dans sa marche circulaire autour de la voiture et du corps de Gretel Castellanos, mais la matinée est si calme qu'au moindre mouvement il se ferait remarquer. Malgré la quantité d'arbres qui entourent la maison, on n'entend ni ne voit aucun oiseau. Pampa aimerait savoir quel effet produirait l'un de ses pas dans cette quiétude, mais il ne sait plus lire la nature qui l'entoure, la neige a changé les règles et le paysage où il se trouve lui est désormais étranger. Les pins semblent plus hauts et plus noirs. Plus nus. L'horizon a perdu de sa souplesse et n'est plus qu'une ligne dure et inatteignable. La grande maison éboulée est un amas d'ombres et de grincements. Ce n'est plus un vieux corps de ferme mais, humide, luisante et noire, une menace nouvelle. Où est-il ? Comment est-il arrivé ici ? Pampa sent qu'à un moment dans la nuit, il a franchi un seuil. La seule chose qui lui paraît maintenant familière, c'est Orlosky et ses rondes. Même le froid qui le pénètre jusqu'aux os est inouï. Il sent l'engourdissement glacé de ses jambes et de ses mains, et il se demande s'il peut vraiment geler. Est-il possible que le matin soit plus froid que la nuit ? Que la lumière soit plus froide que l'obscurité ? Il ouvre et ferme les mains, Pampa, il serre et lâche, serre et lâche, comme si à force, il pouvait faire apparaître un objet. Qu'est-ce que Pampa serre et lâche ? Il essaie de penser à un objet quelconque mais rien ne lui vient. Comme si son monde s'était vidé. Et pendant ce temps-là, Orlosky continue à tourner autour de la voiture. Pampa, transi et effrayé, voudrait qu'il s'arrête et ne s'arrête pas. Les deux souhaits sont exaucés. Orlosky fait encore un tour de la Renault 12, puis un autre, encore un autre, et finalement s'arrête. Il sort les clefs de sa poche avec des gestes maladroits et ouvre le coffre. Il est maladroit pour sortir les clefs de sa poche mais pas pour sortir le corps de Gretel Castellanos enveloppé dans la bâche. Il le porte sur son épaule et gémit sous l'effort. Il ferme le coffre d'un grand coup et marche vers les bâtiments derrière la maison. Pampa, presque sans respirer, comme s'il allait plonger, se prépare : Orlosky sera bientôt caché par le grand corps de ferme. Il doit bouger. Il doit le faire, c'est tout ce qu'il a à faire. Orlosky disparaît derrière la maison en ruines et Pampa bondit hors de sa cachette. Avec la discrétion d'un lièvre, laissant à peine ses traces sur la neige, il parcourt les vingt mètres qui le séparent de la maison, pousse la porte et entre.

*

Depuis qu'il vit à Monge, l'adjudant sous-officier Pampa Asiain est tombé malade une seule fois. En plein été, quatre jours de fièvre qui l'ont cloué au lit, prostré dans sa chambre de la maison des Ré, tremblant sous le toit en tôle surchauffé par le soleil. De la fièvre et c'est tout. Ni douleurs, ni congestion, ni éruptions, seulement de la fièvre. Comme lorsqu'il était petit. Une forte fièvre que rien ne faisait baisser, et qui repartait comme elle était venue. Mais cette fois-ci, il y avait autre chose.

Le quatrième soir, quand la fièvre est montée jusqu'à le faire frissonner, Pampa a senti une présence et ouvert les yeux, paniqué. Nu, tout juste recouvert du drap humide, il s'est redressé et l'a cherchée. Il était seul dans la chambre que lui louaient les Ré. Les quatre murs, proches et blanchis à la chaux, l'armoire. Sur le poêle éteint, il y avait un verre vide et une carafe avec de l'eau, des glaçons et des rondelles de citron qui flottaient, comme tous les après-midis depuis qu'il était tombé malade. Il s'est rappelé les dernières heures. La visite de Graciela Ré. La visite d'Ezequiel Ré.

Leurs voix qui se mélangeaient même s'ils n'étaient pas venus au même moment. C'était tout, en dehors de la lumière changeante, de la chaleur et des aboiements des chiens au loin. Mais la sensation d'une menace persistait. Tremblant, il s'est levé et a ouvert l'armoire. Personne. Ça ne lui suffisait pas. Il s'est frayé un passage entre les vêtements de la penderie et les sacs, puis s'est calé à l'intérieur, fermant la porte pour ne laisser qu'un interstice lui permettant de voir le lit vide et trempé de sueur. Il voulait guetter la présence qui le guettait. Car elle était encore là. Ce n'était pas une présence fantomatique, évasive. C'était une présence physique, qui occupait un espace que rien d'autre ne pouvait occuper. Recroquevillé dans l'armoire, Pampa a fermé les yeux. La présence n'était pas ici, dans la petite chambre des Ré. Elle était dans l'un des silos abandonnés du vieux moulin Sáez. Le troisième silo sur la gauche, en regardant depuis la route qui va à Trenque Lauquen. Pampa la ressentait avec une netteté déconcertante. C'était une silhouette obscure et anonyme qui fouillait dans ses affaires, celles de sa mère, de sa famille. Lente et méticuleuse, elle ouvrait les valises, en sortait les habits et les objets un à un, les palpant, les reniflant. Puis, après avoir tout examiné, elle a remis chaque chose à sa place avec la même minutieuse attention. La lumière à l'intérieur du silo était crépusculaire et tandis que la silhouette procédait à sa fouille attentive, Pampa pouvait la voir diminuer. La netteté de la scène était troublante. Il entendait respirer l'intrus, il sentait le frottement des objets, l'odeur envahissante de cet homme. Avant qu'il ne fasse complètement nuit, la silhouette est partie. Pampa est sorti de l'armoire, a bu une demi-carafe d'eau et s'est affalé sur le lit.

Le lendemain, à son réveil, la fièvre avait disparu. La présence de l'intrus s'est alors mise à occuper la place d'un cauchemar qui s'est estompé au fil des semaines. Jusqu'au jour où, au poste, alors qu'ils attendaient que le maté refroidisse, il a frissonné et toute la scène lui est revenue. La lumière, dans le silo, était maintenant dorée et opaque. Automnale. Pourtant, la silhouette gardait son impénétrable noirceur. Sidéré et sans y croire, il l'a vue faire exactement ce qu'elle avait fait avant, tandis qu'il écoutait Parra déblatérer. L'intrus ouvrait les valises, en sortait tout avec précaution, et examinait. Pampa n'a pas supporté son soin méticuleux. Il a interrompu son camarade et inventé une excuse pour pouvoir s'en aller. Enfourchant sa moto, il s'est rendu jusqu'aux silos abandonnés. Le soir tombait quand il est arrivé et à l'intérieur du silo la lumière était plus bleue que jamais. Tout était à sa place et il n'y avait pas la moindre trace d'intrusion.

*

Pampa, une fois entré dans la maison, cligne des paupières. Il attend que ses yeux s'habituent à l'obscurité, qu'ils se débarrassent de l'éclat du matin et de la neige. Il ne l'avait pas remarqué plus tôt, mais maintenant que son regard s'accommode à la pénombre, il est soulagé. Les scintillements de la neige l'irritaient, le blessaient. Quand ses yeux parviennent à écarter les ombres, il découvre que cette maison qui tombe à moitié en ruines n'est pas aussi abandonnée qu'il le croyait. L'escalier qui mène à l'étage est inutilisé, condamné, mais dans la pièce spacieuse où il se trouve il y a des signes de vie. On y a fait de la place, beaucoup, et il y a un matelas par terre avec des couvertures et un oreiller. Au centre, une table et une chaise, et sur la table une lampe à pétrole éteinte, une bouteille de gin et une tablette de comprimés. Il y a aussi des meubles entassés dans les coins, empilés suivant une certaine logique, et parmi les meubles une penderie sans portes où sont accrochés des manteaux de fourrure mités et un ou deux costumes d'homme. La pièce a trois portes. L'une communique avec la chambre au toit effondré, où des gouttes tombent dans la pénombre. De l'autre côté de la pièce, les deux autres portes donnent sur une petite salle de bain et une cuisine. Par pudeur, Pampa évite la salle de bain. Sur le sol carrelé en échiquier de la cuisine, il peut voir les traces qu'Orlosky a laissées. Un chemin entre la poussière et la crasse. Pampa suit les empreintes. Sur l'un des fourneaux, il y a une bouilloire. Sur la table, un maté dont la yerba a déjà servi, du pain émietté et une assiette avec des restes de nourriture. Pampa essaie les boutons des fourneaux et perçoit le sifflement du gaz.

Il les ouvre tous. Il ignore pourquoi, mais il est tenté de les laisser tous ouverts. Le chuintement le perturbe, l'attire. Il attend un moment et, quand l'odeur a enfin envahi toute la cuisine, il éteint. Il pense aux hypothétiques flammes bleues, à leur chaleur. Il a si froid qu'une simple hésitation serait capable de le démolir. Il s'efforce, s'oblige à penser à Orlosky. Il n'a pas besoin de le voir pour savoir ce qu'il est en train de faire, car depuis un moment il entend le claquement sourd et régulier des pelletées. Orlosky creuse. Pampa sort de la cuisine et se dirige vers la chambre au toit effondré. Passant au milieu des décombres, il va jusqu'à une fenêtre sans vitre. De là, il voit à nouveau Orlosky. Est-il possible que dans le laps de temps pendant lequel il l'a perdu de vue, Orlosky ait grandi, soit devenu plus imposant, plus intimidant ? Libéré de son manteau, ses bras aux muscles visibles maniant la pelle, le manche entre ses mains énormes et osseuses, Orlosky pour la première fois ressemble exactement à ce qu'il est : un assassin qui enterre sa victime. Pampa grince des dents et ressort son Beretta. Maintenant il sait, il a la certitude qu'il n'y a plus grand-chose d'autre à attendre, que personne d'autre ne viendra. Dans le matin blanc et inconnu, au centre de cette plaine blanche et inconnue, il n'y a qu'eux deux et le corps de Gretel Castellanos.

*

Les premières douleurs sont apparues dans le dos. Un matin, il a voulu se lever et la raideur de son corps l'en a empêché. La douleur était intense et déroutante. Orlosky est resté allongé et a attendu. Il supposait que ça passerait et il a pensé pour se distraire à leurs dernières actions de jeu. Mais quand il a réessayé, une demi-heure plus tard, c'était pire. Comme c'était un dimanche et qu'ils n'avaient pas d'entraînement, Orlosky est resté toute la matinée au lit. Il avait faim, soif, envie d'aller aux toilettes surtout. Mais il n'a pas osé essayer de se lever jusque midi passé. Quand il a réessayé, la douleur l'a fait hurler. Il n'a pas réussi à mettre ses baskets et il a passé le reste de la journée en tongs.

Le lundi suivant, il lui était impossible de s'entraîner. Le médecin du club a diagnostiqué un stress musculaire dû à l'épuisement et l'a envoyé se reposer et faire des examens. Toute la semaine, Orlosky a dû se plier devant chaque appareil de l'hôpital, se faire ausculter par des médecins très jeunes qui semblaient avoir peur de lui. Quand leurs regards se croisaient, ils détournaient mutuellement les yeux. Les médecins ne voulaient pas voir ce si grand visage, cet air si inoffensif. Orlosky ne voulait pas voir ce qu'il voyait à chaque fois. Malgré eux, les médecins calculaient sans fard, comme tous les autres, à quel moment il tomberait, mais c'était comme s'ils craignaient qu'il ne leur tombe dessus.

*

Orlosky semble maintenant s'être mis un masque. D'un cuir desséché et pâle, avec des rides transversales où se mêlent toutes les émotions humaines. Il est content, triste, enthousiaste, fâché. Depuis la fenêtre de la maison, à une dizaine de mètres, Pampa distingue ses traits grossiers, son front congestionné, son nez épais, son énorme bouche entrouverte par laquelle il respire et souffre. Les paupières gonflées cachent ses yeux. À chaque pelletée, Orlosky souffle, gémit. Il creuse à un rythme frénétique et s'est déjà enfoncé jusqu'aux genoux dans le trou qu'il essaie à présent d'élargir. Pampa, le Beretta toujours à la main, de loin, mesure la fatigue du géant. Plus il sera fatigué, plus il lui sera facile de le maîtriser. Il a pour lui l'arme et l'effet de surprise, mais ces avantages ne lui paraissent pas suffisants. La façon qu'a Orlosky de manier la pelle, la quantité de terre qu'il soulève, révèlent un autre homme que celui que Pampa a vu se saouler au bar de Rocha. Il se sentirait plus tranquille s'il savait ce qui lui fait si mal. Car Pampa pressent de façon obscure que c'est de cette douleur physique là qu'Orlosky tire sa force, sa férocité à planter l'outil, le soulever, entasser la terre sur un côté. Pampa compte encore cinq pelletées. Il est décidé, il a déjà vu tout ce qu'il pouvait voir. Lentement, il s'éloigne de la fenêtre et retourne dans la pièce principale de la maison.

Avant de sortir, il jette un coup d'œil autour de lui. Le matelas et les couvertures défaites, les meubles empilés, la table, la bouteille de gin, la lampe à pétrole, la plaquette de comprimés. Il recompte les objets comme s'il craignait d'oublier quelque chose. Il se sent léger, trop léger. Rien que lui et son arme réglementaire. Il prend une profonde inspiration et sort.

Pampa fait le tour de la maison et, sans s'arrêter, tourne au coin, lève son arme et vise. Sans cesser d'avancer, il change de direction. Pendant ce temps-là, Orlosky est sorti du trou et a rejoint le corps de Gretel Castellanos, enveloppé dans la bâche, posé près du tronc d'un eucalyptus. Pampa ne s'attendait pas à ça, il s'attendait à le surprendre dans le trou, sa stature réduite et ramassée. Mais il le trouve à la surface, plus grand que jamais et la pelle à la main. Orlosky le voit et Pampa s'arrête à moins de cinq mètres. Il sait qu'il doit dire quelque chose mais aucun mot ne sort de sa bouche. Il pointe simplement son arme. La main ferme. Sans trembler. Orlosky respire bruyamment, tout son corps irradie une vapeur lente et légère, son dos semble se courber petit à petit, céder. Leurs yeux ne se voient pas encore. Et finissent par se voir. Orlosky lève la pelle et se rue sur Pampa. Le premier tir atteint le plat de la pelle et manque le géant dans sa course. Le second le touche à l'épaule et le fait dévier. Pampa saute sur le côté. Orlosky lâche la pelle sans s'arrêter, glisse sur une plaque de glace et tombe à terre. La neige accumulée amortit le bruit de sa chute. Pampa prend la pelle et frappe Orlosky au front. Il s'apprête à frapper de nouveau mais s'aperçoit qu'un seul coup a suffi. Orlosky gît inconscient. Le masque a disparu et sur sa peau fissurée par le froid apparaissent les détails de sa laideur. Un filet de sang descend lentement sur son front et Pampa le regarde couler, jusqu'à ce que les premières gouttes tombent sur la neige. La blessure à l'épaule est noire, elle saigne par l'arrière, la neige prend une teinte rouge sombre. Tout est arrivé très vite, trop vite, et même si Pampa est calme, quelque chose le dérange. Il sent la pression due aux tirs dans ses oreilles mais ne parvient pas à se souvenir des détonations. Orlosky a-t-il crié en recevant la balle ? Pampa sent qu'il aurait dû dire quelque chose. Qu'il devrait dire quelque chose maintenant. Il regarde Orlosky, lève les yeux et regarde le corps de Gretel Castellanos enveloppé dans la bâche, il regarde les arbres noirs, la maison, la Renault 12, l'horizon dur et brillant. Il faudrait qu'il dise quelque chose, il le faudrait, mais il ne sait pas quoi.

*

La première fois que Gretel a proposé à Esteban de partir ensemble à Buenos Aires, ils se sont disputés. Lui ne comprenait pas pourquoi elle voulait y retourner. Elle ne comprenait pas pourquoi elle en était partie. Ils se sont beaucoup disputés, puis ils ont couché ensemble. Esteban s'est endormi presque immédiatement et Gretel est restée éveillée. La respiration d'Esteban était un sifflement léger et régulier. Mais pas comme son rire étouffé ressemblant à une roue de bicyclette qui se dégonfle dans le coin obscur d'une maison pleine de coins obscurs. On aurait dit une fuite de gaz dans une maison vide dont toutes les lumières étaient allumées et tous les robinets ouverts. Cette nuit-là, Gretel a pensé à un tas de choses. Pris un tas de décisions qui s'évaporeraient le matin venu. Qui sait ce qui serait arrivé si elle s'était endormie plus tôt. Mais elle ne s'est endormie qu'avec la clarté des premiers rayons s'infiltrant à travers les volets fermés. Alors que son clignement de paupières se faisait enfin lourd et lent, elle a contemplé pendant quelques secondes la chaise où s'entassaient les habits d'Esteban. La veste était sur le dossier et les manches touchaient le sol.

Le lendemain matin, elle a été réveillée par les cloches de la messe à la cathédrale de Rojas. C'était un dimanche. Esteban était déjà levé et buvait du maté. Il la regardait dormir et quand il l'a vue s'éveiller, il a souri.

« D'où tu sors ces costumes ? » a demandé Gretel, presque en rêve.

Esteban n'a pas répondu. Il s'est servi un autre maté et l'a bu doucement, souriant, la regardant de loin, avec son amour daté.

« Esteban, je t'ai posé une question.

– Hein ?

– Je t'ai demandé d'où tu sors les costumes que tu portes.

– Tu trouves qu'ils ne me vont pas ? » dit-il en souriant. Son sourire aussi était daté.

« Ça dépend des fois, parfois oui, parfois non. Mais tu ne m'as pas répondu. »

Gretel s'était assise sur le lit et attendait sa réponse tandis qu'elle finissait de se réveiller. Esteban a songé à lui dire qu'il l'aimait mais n'a pas osé.

« Ils étaient à mon père. »

Gretel n'a pu poser aucune autre question. Les cloches de l'église, un dimanche matin, la paresse comme une chose définitive. Il y avait une étrange évidence dans cet instant, une nuance d'indifférence dans la voix et dans les gestes d'Esteban qu'elle ne pourrait pas oublier. Comme si elle avait posé la question des heures plus tôt, dans la pénombre du lever du jour, en regardant la chaise et la veste accrochée, et que la veste vide avait donné sa réponse.

*

Immobile, Pampa Asiain contemple la scène. Peu à peu, l'urgence de dire quelque chose, de devoir dire quelque chose, s'estompe. L'important, c'est d'avoir fait ce qu'il avait à faire, d'avoir accompli son devoir professionnel. Et plus important encore : il n'en a pas fini. Son immobilité n'est donc ni le résultat de la peur ni celui de la culpabilité. Pampa contemple la scène parce qu'il essaie de résoudre un problème concret : comment neutraliser Orlosky avant qu'il reprenne ses esprits ? Il est arrivé à la conclusion que le meilleur moyen serait de l'attacher à un arbre, plus précisément à l'eucalyptus au pied duquel est posé le corps de Gretel Castellanos enveloppé dans la bâche. Devoir bouger le corps de la fille du quincaillier ne l'impressionne pas, ne pas savoir encore avec quoi il va attacher Orlosky ne l'inquiète pas plus. Comment déplacer jusque-là une telle masse inconsciente est le premier problème à résoudre. Il calcule, mesure efforts et difficultés. Pampa ne se fait pas d'illusion, il connaît à la perfection les limites de sa force physique. Ce ne sont que trois, quatre mètres tout au plus, mais traîner le géant dans la neige et la boue est infaisable. Et puis, s'il le tire par l'une ou l'autre extrémité, il court le risque que la douleur à l'épaule le réveille. Pampa n'a pas assez de force pour traîner le poids mort d'Orlosky, mais suffisamment pour le faire rouler. Comme ça, la moitié du travail sera fait par simple inertie. Lui n'a qu'à le soulever d'un côté puis le laisser retomber. Sur le ventre, sur le dos, sur le ventre, sur le dos. Quatre tours suffiront, estime Pampa.

Ayant décidé ce qu'il allait faire, il doit maintenant préparer le terrain. Avec le plus grand soin, comme s'il s'agissait d'une poupée de porcelaine, Pampa bouge le corps de Gretel Castellanos, il le traîne et l'approche de sa tombe inachevée. Après avoir vérifié qu'Orlosky est toujours inconscient, il se dirige vers l'une des granges à l'arrière. La porte n'a pas de verrou, mais ne s'ouvre pas. Pampa doit lui donner un coup d'épaule. Les charnières grincent, le grincement grince dans l'immense silence du matin et Pampa regarde autour de lui, se retourne pour s'assurer qu'Orlosky n'a pas bougé. Le grincement disparaît et le corps du géant demeure immobile. Ça y est, un oiseau chante. Pampa l'écoute, cherche à savoir d'où ça vient et n'y arrive pas. Il attend que l'oiseau arrête de chanter et après seulement, il entre dans la grange. Il y a toutes sortes d'outils, la plupart inutilisables. Il fait sombre là-dedans mais à travers les planches mal assemblées des murs filtre la lumière matinale. Pampa fouille timidement, sans trop toucher à rien. Il ne trouve rien qui puisse lui servir. Il cherche plus en profondeur et déniche quelques cordes trop courtes, peu sûres, et une longue chaîne aux anneaux épais vissée à une roue de tracteur. Le cadenas ne tarde pas à apparaître, parmi des morceaux de métal à usage non identifié, à l'intérieur d'un bidon troué par la rouille. Le cadenas n'a pas de clef mais pour le moment Pampa ne s'en inquiète pas. Il le prend, emporte la chaîne et les cordes sur son épaule et sort de la grange. Ce qu'il perçoit en premier, c'est un battement d'ailes solitaire au-dessus des pins et de la grande maison, des ailes courtes et noires, a-t-il tout juste le temps de penser avant de voir la silhouette d'Orlosky qui a réussi à se mettre à genoux et lui tourne le dos, tête baissée. Pampa reste calme. Attend. Orlosky n'essaie pas de se relever. Il est à genoux, et son dos est agité de secousses comme s'il pleurait. Pampa se met en mouvement et avance vers lui. Orlosky entend le cliquetis de la chaîne et se retourne. À sa vue, il réagit. Avec beaucoup d'effort, il se lève. Quelque chose lui fait encore plus mal que le coup sur le front ou la balle à l'épaule.

« Restez où vous êtes ! » crie Pampa.

Orlosky est perdu, il regarde de toutes parts, ne sait par où s'enfuir. Parce que ça, il le sait. Il sait qu'il doit fuir cet adolescent sombre en uniforme de police qui semble vouloir l'arrêter de son regard.

« Restez où vous êtes. Les mains derrière la tête. »

Pampa est désormais près de la fosse. Il pose la chaîne, les cordes et le cadenas par terre. Il sort le Beretta mais ne le pointe pas sur Orlosky. Une menace à méditer par celui qui est menacé, mais pas encore acculé. Si Pampa le mettait en joue, Orlosky ne pourrait s'en empêcher et partirait en courant, ou l'attaquerait. L'arme est ici, dans sa main, et c'est suffisant.

« Les mains derrière la tête, j'ai dit. »

Orlosky essaie mais n'arrive pas à lever son bras blessé.

« Maintenant, allez vous asseoir là-bas, en marchant lentement. Le dos contre l'arbre et les bras vers l'arrière. »

Orlosky n'a pas encore obéi. Sa respiration est lourde, bruyante. La buée qui sort de sa bouche lui voile le visage et Pampa ne peut voir ce qu'il pense.

« Je te connais », finit par dire Orlosky.

Pampa ne répond pas.

« Je te connais », insiste le géant.

La troisième fois, il ne le dit plus à Pampa mais à lui-même. Il hoche la tête et se dirige vers l'arbre. Il s'assied péniblement, comme si à chaque mouvement quelque chose en lui se cassait. Entre les vapeurs d'alcool de sa mémoire, Pampa lui apparaît comme une figure venue d'une époque lointaine, un mirage reculé et insignifiant de ses heures de gloire, et d'une certaine manière, il y trouve un réconfort.

« Je te connais », dit Orlosky pour la quatrième fois.

Et il acquiesce, de la tête, douloureusement ; sans s'arrêter, il continue à acquiescer et se laisse attacher.

*

Quand le père de Pampa Asiain est mort, il venait de commencer un de ses cahiers. Pampa ne sait pas de quoi son père est mort. Il sait seulement qu'on l'a retrouvé loin de chez lui, sans ses béquilles, allongé près d'une clôture comme s'il avait tenté de la franchir, le visage blessé par le barbelé et le nœud du pantalon qui recouvrait son moignon accroché au fil de fer. Personne n'a jamais su comment il était arrivé jusque-là. Les béquilles étaient à leur place, dans la cuisine. Et le cahier neuf sur la table, le stylo coincé entre la couverture et la première page. La mère de Pampa, solennelle et réservée, l'a rangé avec les autres. Et comme les autres, elle le lisait de temps en temps en cachette.

Quand sa mère est morte, Pampa a mis tous les cahiers dans le cercueil de sa mère, sauf celui-là, le dernier. Sa mère était une lectrice soigneuse, d'où le fait qu'il semblait n'avoir jamais servi, contrairement aux autres dont les bords étaient racornis et les coins noircis par la graisse des doigts de son père, qui en plus d'y écrire les feuilletait, comme qui s'arrête en pleine côte pour voir le chemin parcouru. Une curiosité qu'il n'avait jamais ressentie a poussé Pampa à l'ouvrir. Il y avait seulement une page d'écrite, cinq lignes, et à chaque ligne la même phrase courte de quatre mots, la même affirmation. Il l'a lue cinq fois, pas une de plus, pas une de moins. Puis il a refermé le cahier et ne l'a pas remis dans le cercueil où gisait sa mère. Il l'a rangé avec ses affaires et l'a oublié.

Quelques mois plus tard, une nuit d'insomnie, il a sorti le cahier du fond de son armoire et, à la lumière de la lampe, dans la petite chambre des Ré, assis comme un bouddha sur le lit, il l'a complété. Ligne après ligne, la même phrase, les quatre même mots, encore et encore. Au début, il bougeait les lèvres tout en écrivant. Puis, il a cessé de le faire. Sa main se déplaçait en répétant les mêmes mouvements, mais son écriture n'était jamais pareille. Parfois il s'arrêtait pour observer les différences, les continuités, les soubresauts. Les mots se sont mis à ne plus faire sens, à devenir dessin, gribouillis. La séquence, le trait, était comme un fil de fer barbelé. C'était beaucoup de choses à la fois et c'était un fil de fer barbelé. Jusqu'à ce qu'à un moment donné, les mots retrouvent leur sens. Pampa, exténué, s'est remis à bouger les lèvres tout en écrivant. Ligne après ligne, page après page, jusqu'à ce qu'il ait fini le cahier. Une fois arrivé à la dernière ligne, il ne s'est pas arrêté pour contempler ce qu'il avait fait, ce qui l'attendait. Il a écrit la phrase, l'affirmation, pour la dernière fois, refermé le cahier et l'a remis à sa place dans l'armoire.

*

Les bras d'Orlosky, tendus vers l'arrière, entourent le tronc de l'eucalyptus. Il geint, Orlosky, il se plaint, et sa plainte est parfois la seule façon qu'il a de respirer. Après lui avoir attaché les mains avec une corde, Pampa l'a ligoté avec la chaîne qu'il a fermée avec le cadenas. Il a fait plusieurs fois le tour de la scène, inspectant le travail accompli. Il a tiré sur la chaîne pour en tester la solidité. Enfin, assuré de l'immobilité d'Orlosky, il lui a fouillé les poches. Il en a sorti un peu d'argent en billets froissés qu'il n'a pas comptés et le téléphone portable. Rien d'autre. Elles étaient bien vides, les poches d'Orlosky. Maintenant, debout devant lui, Pampa attend qu'Orlosky le regarde. Mais le géant a la tête penchée en avant, la mâchoire affaissée sur la poitrine. Il va et vient dans l'inconscience, s'attache à une douleur puis à une autre.

« Regardez-moi. »

Orlosky lève la tête mais il voit flou, ébloui par le ciel du matin. Il grogne et sa tête retombe.

« Regardez-moi, j'ai dit. »

Les bras le long du corps, à peine séparés de celui-ci, bien campé sur ses jambes, Pampa cherche à imposer son autorité. Bien qu'Orlosky soit attaché, il a décidé de garder une distance de sécurité. Il est inquiet, Pampa, il ne sait pas comment on interroge un homme dans cet état. En l'attachant, il a inspecté la blessure par balle et heureusement, le projectile a traversé l'épaule. Il a perdu pas mal de sang mais maintenant ça va, le froid a accéléré la coagulation. Tout va pour le mieux, et pourtant l'homme semble incapable de réagir. Ça n'est pas non plus le coup de pelle sur le front. C'est plutôt le gin qui l'a mis dans cet état.

« Orlosky. Regardez-moi. Dernier avertissement. »

Pampa s'est approché un peu en le disant. Il se sait menaçant, mais ne sait pas au juste de quoi il le menace. Il se penche, s'accroupit, cherche le regard d'Orlosky. Le trouve et le perd. Le trouve et le perd. Il n'est pas satisfait. Alors il fait une chose inattendue. Rapide et précis, son bras droit se tend, se lève et retombe la main grand ouverte sur la figure d'Orlosky. La claque résonne dans le matin, rebondit contre les pins noirs et la grande maison, plus fracassante, se dit Pampa, que la détonation du tir. Il regarde de tous côtés, les champs gris qui s'étendent à tout vent, comme dans l'attente que quelqu'un apparaisse ou que quelque chose change. Mais rien ne se passe. Ils sont seuls et c'est une grande solitude. Quand il revient à Orlosky, il se rend compte que la claque a fait son effet, alors il lui en donne une autre. La main lui brûle, le côté gauche du visage d'Orlosky a rougi. Le géant le cherche maintenant du regard, l'interroge, essaie d'affronter cette douleur flambante qui est parvenue à prendre le dessus sur les autres. Pampa donne une troisième claque et Orlosky remue, essaie de bouger et se voit attaché à l'arbre.

« Quoi ?... Quoi ? »

Pampa se lève et fait deux pas en arrière. Il y a de la prudence dans ses mouvements, mais de la discipline aussi.

« C'est moi qui pose les questions, Orlosky. Vous savez où vous êtes ? Vous savez ce que vous avez fait ? »

En posant la dernière question, Pampa désigne le corps de la fille du quincaillier. Orlosky regarde le paquet enveloppé dans la bâche, près du trou qu'il a lui-même creusé, et une grimace s'empare de son visage. Il ne pleure pas, ne fait aucun bruit. C'est une grimace muette. Pampa s'approche de nouveau, s'accroupit de nouveau.

« Pourquoi avez-vous fait ça, Orlosky ? »

Le ton de sa voix a changé. Une drôle d'émotion lui enlève sa prestance, son assurance. Orlosky secoue la tête.

« Ne niez pas. Je sais que c'est vous qui l'avez tuée. Pourquoi ? »

Orlosky continue à dire non de la tête, muet. Pampa est sur le point d'insister mais il comprend que ce n'est pas le crime qu'il nie, le géant, c'est autre chose. Il le comprend mais il ne sait pas quoi en faire. Il change alors de stratégie et sort le portable de la poche de son blouson. Il l'exhibe. Orlosky observe l'appareil et ses yeux s'ouvrent, se remplissent de peur. Il cesse de secouer la tête, la grimace se défait.

« Avec qui parliez-vous ? »

Cette fois, Orlosky ne nie pas. La peur l'a réveillé, lui a rendu sa lucidité. Pour la première fois, il regarde Pampa dans les yeux et l'affronte. Le jauge. C'est un des agents du poste de Monge. C'est presque un adolescent, et c'est cet adolescent qui lui a tiré dessus à l'épaule, qui l'a mis à terre, qui l'a attaché à un arbre. Orlosky ouvre la bouche. Il ne sait pas s'il va parler, rire ou quoi. Jusqu'à ce qu'il crie.

*

Orlosky avait dix-sept ans quand il a, enfin, commencé à tomber. Certains jours, il arrivait que son corps engourdi l'empêche de se lever, d'autres il sentait que ses muscles et ses articulations avaient une vie propre, ils se tordaient sous la peau comme des serpents qu'on titille. Ses mains, ses genoux et surtout son dos le harcelaient de douleurs aiguës qui pouvaient palpiter pendant des heures. Les crampes le réveillaient au milieu de la nuit et ses cris de douleur gênaient tous les occupants de la pension où il vivait avec d'autres jeunes joueurs que le club avait recrutés. Il a dû arrêter les entraînements tandis qu'il allait de médecin en médecin. Les diagnostics se succédaient : arthrites en tout genre. On l'a bourré de calmants et Orlosky s'est mis à vivre enveloppé dans une brume épaisse, un nuage éteint où tout, choses et personnes, se valait, où la douleur et le calme se confondaient, parce qu'au fil des mois, pour Orlosky, l'absence de douleur avait cessé d'exister. La douleur était toujours là, même si parfois elle s'apaisait, se mettait en boule dans un coin de son corps immense, et attendait. Et Orlosky, perdu et léthargique, attendait avec elle.

Son dernier espoir a été une consultation à Buenos Aires, où plusieurs spécialistes se sont occupés de lui et ont réussi, moyennant des injections quotidiennes, à lui rendre un semblant de normalité. Pendant encore deux ans, avec de bons et de mauvais jours, il a recommencé à jouer, mais il n'était plus le même. Au terme de chaque mouvement, chaque saut, chaque élan, les douleurs et les crampes guettaient. Orlosky était plus concentré sur ce qui se passait à l'intérieur de son corps que sur ce qui se passait dehors. Il écoutait, percevait, tâtonnait. À ces flux et reflux, courants d'air obscurs et électriques, il se renfermait sur lui-même.

À ses vingt ans, le club a décidé de se séparer de lui, et ils l'ont transféré à une équipe de catégorie inférieure de Río Cuarto, dans la province de Córdoba. Orlosky est parti sans protester, presque soulagé. Il avait cessé d'être une promesse. Pendant une décennie, il a arpenté villes et villages, jouant dans des équipes locales où sa taille faisait la différence. Mais il était toujours plus renfermé, et il en devenait lent et irascible. Il se mettait dans des transes qui se voyaient dans ses yeux. Il se disputait avec les adversaires, avec les arbitres, avec ses coéquipiers, avec les supporters. Il les insultait et, quand il semblait sur le point d'en venir aux mains, il leur tournait le dos brutalement. Il laissait tout le monde planté là, à parler seul. Lui-même, d'ailleurs, avait commencé à parler seul. La mystérieuse maladie qui le harcelait et l'abus de médicaments l'empêchaient de dormir. Pendant la nuit, assis à d'innombrables tables d'innombrables chambres d'hôtel sous d'innombrables lampes, toujours plus voûté, il contemplait ses mains, ses articulations enflammées, ses doigts tordus. Il leur parlait. Les grondait. Leur parlait avec amour. Leur tournait le dos. Comment cacher ces mains ? C'était impossible. Alors il sortait et cherchait dans les yeux sans sommeil des prostituées de la rue et dans les miroirs troubles des motels une confirmation. Non. Il n'avait pas encore fini de tomber.

*

Orlosky crie, s'agite, se tord. Pampa recule d'un coup, trébuche sur le corps de la fille du quincaillier et tombe. Vite, il se relève et dégaine son pistolet, vise. Orlosky crie, féroce et désespéré, cherchant à se libérer. C'est un cri entrecoupé qui par moments se fait hurlement, bute contre toux et sanglots jusqu'à redevenir hurlement. Arrivé à ce stade, on croirait qu'il va arracher l'arbre à la racine, qu'il va briser ses chaînes. Le rugissement du géant emplit le matin, effraie les oiseaux, glisse sur la plaine blanche que Pampa préfère ne pas voir car il ne la connaît pas. Orlosky crie, il y a de la neige partout, et c'est comme si les deux choses étaient liées. Le cri d'Orlosky a quelque chose de blanc, une mélodie hostile, une fierté albinos. Il crie et c'est un peu comme s'il chantait. Un chant terrible qui laisse les arbres nus, démolit la maison, fait pâlir le ciel et durcit l'horizon. Quand on croit qu'il va s'arrêter, il recommence. Avec une force renouvelée. Orlosky continue de crier, continue de se débattre. Pampa a toujours son arme pointée sur lui mais il relâche peu à peu la tension dans ses bras tout en retirant son doigt posé sur la détente. Il n'a jamais entendu personne crier comme ça. Plus le géant désespère, plus Pampa retrouve son calme, et pendant ce temps, la fascination l'envahit. Oui, c'est comme un chant. Un langage animal qu'il n'est pas loin de comprendre. Qui l'invite. Qui le pousse. Pampa baisse son arme et s'approche. Il regarde les yeux d'Orlosky injectés de sang, le visage ravagé. Et alors il crie aussi.

*

Un jour, Gretel s'est réveillée dans l'appartement d'Esteban et sa décision était prise. Ce n'était pas la première fois qu'elle se décidait pendant ses insomnies du milieu de la nuit, mais cette fois-ci, surprise et apeurée, elle s'est rendu compte que la décision était toujours là. Que le matin ne l'avait pas effacée. C'était de nouveau dimanche. Elle s'est levée et a mis la bouilloire sur le feu. En attendant que l'eau chauffe, elle a regardé Esteban dormir. À qui appartenait cette immense maison, ce labyrinthe obscurci par le rire d'Esteban, illuminé par sa respiration nocturne ? Elle s'est dit qu'elle ne le réveillerait pas, qu'elle lui écrirait une lettre. Elle avait les mots, les phrases exactes. Mais elle se sentait incapable de faire autre chose que ce qu'elle était en train de faire. Elle a préparé le maté et s'est assise à la table. Elle en a bu un, puis deux. Elle est restée à regarder Esteban dormir à l'autre bout du studio. Elle avait l'explication là, dans sa tête, mais se procurer un papier et un stylo lui semblait des gestes vides de sens. Elle a songé à allumer l'ordinateur et à lui écrire sur un fichier qu'elle laisserait ouvert, mais cela lui paraissait tout aussi inconcevable, voire honteux. Elle s'est resservie un maté et l'a bu lentement. Elle portait un t-shirt d'Esteban qu'elle mettait pour dormir et elle commençait à avoir froid, mais elle ne se sentait pas non plus capable de s'habiller. Elle aurait voulu prolonger cet instant autant que possible. La pénombre du matin à travers les volets baissés, Esteban dans le lit, plus grand et magnifique que jamais, la température exacte du maté. Avoir pris sa décision la tranquillisait mais le moindre geste pouvait encore lui faire du mal, la blesser. Elle avait décidé de retourner à Buenos Aires, même si elle ne savait pas ce qu'elle y ferait. Elle avait suffisamment d'économies pour survivre quelques mois, ensuite elle verrait bien. L'important était... elle ne savait pas quoi. Elle retournerait à Buenos Aires. C'était ça qui comptait. Mais comment s'y prendre ? Comment s'habiller ? Comment quitter ce studio ? Elle s'y sentait bien, le moment était lucide et, bien que solitaire, il avait son charme. À condition de ne pas bouger, de ne pas réveiller l'hostilité des choses. Elle était découragée à la simple idée de devoir chercher ses sous-vêtements à côté du lit, remettre ses chaussettes à l'endroit, supporter le contact froid de son jean, arranger ses cheveux devant le miroir de la salle de bain. Elle savait qu'il ne lui restait pas beaucoup de temps. Qu'Esteban se réveillerait, et que les cloches de l'église sonneraient. Et si elle recourait au mélodrame ? C'était peut-être la seule façon de rompre le sort. Surjouer le moment. Écrire une phrase de mauvais goût au rouge à lèvres sur le miroir de l'armoire à pharmacie, par exemple. Mais elle n'avait pas de rouge à lèvres. Elle trouvait subitement très triste de ne pas avoir de rouge à lèvres. Une femme devrait toujours en avoir sur soi, au moins pour garder l'idée en tête, pour qu'il lui soit toujours possible d'écrire sur un miroir ses sentences et ses confessions. Elle s'est promis d'en avoir dorénavant toujours un dans son sac. Elle s'est servie un autre maté mais cette fois ne l'a pas bu. Même ça, elle n'y arrivait plus. L'instant s'écroulait et elle ne pouvait le retenir. L'instant était un piège. Le problème, mais Gretel ne l'a pas compris à temps, c'est qu'elle n'était déjà plus là.

*

Le cri de Pampa fait taire Orlosky. Le fait taire lui. Et fait taire le matin. Le silence qui s'ensuit est définitif. Brillant et dur comme l'horizon. Si dur qu'il craque comme les troncs gelés des arbres.

Orlosky regarde, intrigué, l'adjudant sous-officier Asiain. Pampa se laisse regarder, laisse le temps à l'assassin de redevenir qui il est, de se redécouvrir prisonnier. Il a besoin de ça pour pouvoir l'interroger. Il se laisse regarder tandis qu'il tâtonne, cherche dans sa tête la bonne question, le ton qui lui assurera une réponse. Mais alors, le téléphone d'Orlosky, qu'à un moment ou un autre il avait rangé, vibre et sonne dans la poche de son blouson. Pampa sursaute et Orlosky avec lui. Ils se regardent. Il est évident qu'aucun des deux ne veut répondre et qu'ils devront le faire. Que Pampa devra le faire. Il sort le téléphone de sa poche, appuie sur le bouton et le porte à son oreille.

« Guillermo... »

Pampa ne répond pas. Deux choses le décontenancent : le prénom et la voix de la femme.

« Guillermo ? »

La voix insiste, mais cette fois le ton est interrogatif. Pampa ne répond toujours pas.

« Tu n'es pas Orlosky, dit la voix de la femme, qui se durcit subitement.

– Non, finit par répondre Pampa.

– Et où est-il ?

– Enchaîné à un arbre. Qui êtes-vous ?

– C'est moi qui pose les questions, mon petit. Ce téléphone ne vous appartient pas.

– Non, madame, c'est moi qui pose les questions. Qui êtes-vous ? »

La femme se tait. Pampa peut l'entendre respirer. Il y a quelque chose d'irréel dans l'appel. Dans la netteté de la voix qui résonne à son oreille, lointaine mais précise tandis qu'il contemple la solitude des champs, l'indifférence des pins noirs, la maison en ruines. Pampa cherche quelque chose un tant soit peu en lien avec cette voix mais ne trouve pas. Le trou est là, avec le corps de Gretel Castellanos enveloppé dans la bâche, Orlosky est là, enchaîné et muet de terreur. Rien, ni cette voix, ni cette respiration, n'existe. Parce que si elles existaient, ce sont eux qui n'existeraient pas, Pampa, Orlosky, le corps de Gretel Castellanos, le trou et le matin. Pampa écoute la respiration de la femme et la défie, respire aussi. Le déclic quand la femme raccroche le prend au dépourvu. Ils se retrouvent à nouveau seuls. Pampa range le téléphone et s'approche de son prisonnier.

Il regarde Orlosky dans les yeux. Ils sont seuls. C'est d'autant plus évident depuis l'appel. Cette certitude tend les muscles des deux hommes.

« Qui était cette femme ? »

Orlosky ne répond pas. Il s'agrippe au silence. Ses yeux bleus s'obscurcissent. La terreur qui était en eux se projette à l'envers, sur le monde. Et Pampa Asiain, qui est le monde en ce moment, la reçoit.

« Répondez, Orlosky. Qui était cette femme ?

– Petit con. Détache-moi ou je te tue. »

Il y a du vrai dans la menace incongrue du géant. Pampa le sent dans le bas de sa colonne vertébrale, un frisson qui le parcourt. Et il réagit. Ses mains s'ouvrent et se ferment. Il s'approche à pas lents. Il s'accroupit, ils sont maintenant à la même hauteur. Pampa sent la violence se condenser dans son corps, la cruauté lui fourmiller dans les mains. Orlosky devine ce qu'il va faire et s'agite, il cherche à l'éviter, mais il ne peut pas. Pampa serre l'épaule blessée et Orlosky gémit, remue la tête et essaie de le mordre, donne des coups de pieds. Pampa se pousse pour les éviter et continue d'enfoncer ses doigts dans la blessure. Le sang commence à couler. Tiède et visqueux, il lui mouille les doigts.

« Qui est la femme, Orlosky ? »

Orlosky se remet à crier, mais son cri est faible désormais. Un sanglot profond. De temps à autre, il tape des pieds, mord dans le vide. Pampa continue de serrer, il n'insiste pas avec sa question mais avec ses doigts enfoncés dans la blessure. Il appuie et attend qu'Orlosky cède. Mais le géant est entraîné à la douleur, il résiste sans dire un mot. Il gémit, et c'est comme si le temps allait et venait, pris entre deux plaintes. Pampa sent que ses doigts se paralysent, ses yeux sont pleins de larmes qui ne coulent pas. Il est sur le point de faiblir et serre alors encore plus fort. Le cri d'Orlosky s'élève, long et grave comme un appel, jusqu'à ce qu'il s'évanouisse de douleur. Et au moment précis où Orlosky, la bave aux lèvres, retombe lourdement sur son propre corps enchaîné, le téléphone sonne à nouveau.

*

Pampa ne s'est jamais posé de question sur la mort mystérieuse de son père. Pourquoi ne s'est-il jamais demandé comment il avait fait pour parcourir sans ses béquilles les deux kilomètres entre sa maison au village et la clôture, le long de la route où on l'a retrouvé ? Et comment était-il possible que personne ne l'ait remarqué, seul ou accompagné, en plein jour, lui, l'unique homme des environs à n'avoir qu'une jambe ? Après la mort de son père, pendant plusieurs mois, le claquement des béquilles le réveillait la nuit. Pampa se levait et allait dans la cuisine. Les béquilles étaient toujours à leur place dans un coin, sa mère n'avait pas voulu les enlever de là. Pieds nus et en pyjama, sentant le froid des dalles sur la plante des pieds, Pampa, les sourcils immobiles, les regardait, les surveillait. Il attendait qu'elles se mettent à bouger. Mais les béquilles demeuraient impassibles tandis que la lumière de la lune qui entrait par la fenêtre les traversait. Une nuit il n'a pas pu résister à la tentation. Sans allumer la lumière, il les a prises et placées sous les aisselles. Il était surpris qu'elles soient à sa taille, il avait toujours cru que son père était plus grand que lui. Il a levé la jambe gauche et commencé à se promener dans le noir à travers la maison. Il est sorti dans la cour et a fait quelques tours avant de retourner dans la cuisine. Quand il est entré, la lumière s'est allumée. Pampa a sursauté.

« Qu'est-ce que tu fais ? » a demandé sa mère.

Pampa, honteux, n'a rien dit.

« Remets ça à sa place et va te coucher », a-t-elle ordonné, et sans attendre qu'il obéisse elle a fait demi-tour et elle est retournée dans sa chambre.

Pampa a fait ce que sa mère lui disait. Après cette nuit-là, les claquements des béquilles le réveillaient encore de temps en temps, jusqu'à son départ pour la Vucetich. Mais il ne se levait plus pour voir si les béquilles étaient toujours à leur place. Il se contentait d'écouter. Nets et inimitables, les clappements arrivaient jusqu'à lui. Pampa claquait des dents et n'osait pas aller aux toilettes. Quel genre de créature avait été son père, en quoi s'était-il transformé ce jour-là, le dernier ? Où allait-il, que cherchait-il de l'autre côté de la clôture ? Mais ce n'était pas ces questions qui maintenaient Pampa éveillé. Ce n'était pas non plus la peur que le fantôme de son père revienne chercher ses béquilles et déambule à travers la maison. C'était autre chose qui le tenait en alerte, la vessie prête à exploser et les yeux grand ouverts dans l'obscurité de sa chambre. C'était le soupçon que celle qui utilisait les béquilles n'était autre que sa mère.

*

Pampa essuie sa main ensanglantée dans la neige et répond au téléphone. Il ne dit rien, il le colle à son oreille et attend. À la présence de la femme à l'autre bout du fil, il oppose les pins noirs qui ne font pas d'ombre.

« Nous sommes au point mort, jeune homme, soupire la voix de femme, comme si elle poursuivait la conversation. Moi, j'ai besoin de savoir ce qui se passe de votre côté, et vous, vous avez besoin de savoir qui je suis et ce que j'ai à voir dans tout ça. Je suis sûre que l'information ne nous sera d'aucune utilité ni à l'un ni à l'autre, mais il est clair qu'aucun de nous deux ne renoncera, pas vrai ?

– En effet, répond Pampa.

– Bien, alors je vais vous faire une proposition. Je vais vous dire qui je suis et comment vous pouvez me trouver. Et vous viendrez. Et nous aurons une conversation. Elle est avec vous aussi ? »

Pampa hésite. Il ne sait pas quoi répondre. Non qu'il veuille cacher quelque chose à cette femme, mais il lui est en vérité difficile d'être exact.

« Oui », finit-il par répondre.

La femme soupire.

« Je regrette que vous vous trouviez mêlé à cette affaire… Je suis désolée… Orlosky aurait dû m'écouter. »

La voix de la femme, si nette et si ferme, lui donne le vertige. Pampa a la tête qui tourne. En l'écoutant il ne parvient pas à voir ce qu'il a devant lui, pas plus qu'il n'arrive à la voir elle. La Renault 12, la maison en ruines, Orlosky enchaîné, le corps de Gretel Castellanos, le trou, les champs gelés, la lumière posée de midi qui approche. Il énumère pour rester là, pour ne pas être capturé par cette voix. Alors, la femme le surprend.

« Il recommence à neiger », affirme-t-elle.

Alors qu'il s'apprête à dire non, Pampa perçoit le silence blanc et, tout de suite après, les premiers flocons qui flottent devant lui. Oui, il neige à nouveau. Cette voix, cette femme sait des choses qu'il ignore encore. Elle les sait avant lui, et ça le perturbe. Mais surtout, elle n'est pas loin. Ou se pourrait-il qu'il neige partout ? Pampa a du mal à y croire, tout comme il a du mal à croire qu'existent des endroits où la neige ne tombe pas. Où il n'y ait pas un corps de femme enveloppé dans une bâche et un homme blessé, immense, enchaîné à un arbre.

« Si seulement il avait neigé plus tôt… Je ne sais pas, je ne peux pas le savoir, ce serait différent ? Elle est si étrange, cette neige. Elle me déconcentre, m'empêche de réfléchir clairement. Vous arrive-t-il la même chose, jeune homme ? À quoi pensez-vous ? À appeler la police ?

– Je suis la police, madame », dit Pampa. Fier malgré lui, et conscient de fournir une information sans en recevoir aucune en échange.

La femme reste silencieuse mais elle est toujours là, elle digère la révélation. Elle ne raccroche pas. Pampa ne dit rien non plus puisqu'il a dit la seule chose qu'il avait à dire. Il ne lui reste qu'à l'interroger et il pressent que ce n'est pas le bon moment, pas encore. Tous deux se taisent. La neige tombe. Et tandis qu'elle tombe, ils pensent à des choses et à d'autres, distraits.

La femme pense que la voix qu'elle entend ne ressemble pas à celle d'un policier, et elle a tout à coup l'impression de parler à un policier pour la première fois. Ça lui est déjà arrivé pourtant, mais maintenant elle a l'impression que non, que ce n'est pas vrai. Qu'elle n'a jamais eu affaire à un policier. Comme s'il s'agissait d'une créature mythique dont elle a toujours entendu parler, mais qu'elle n'a jamais vue. Et maintenant elle est là. Il y a un policier à l'autre bout du fil. De quelle couleur peut bien être son uniforme ? Quel genre de képi porte-t-il ? De quelle couleur sont ses yeux ?

En attendant, pendant que la femme décide si oui ou non il existe, Pampa a une intuition absurde. Ce à quoi il pense est impossible, mais il doit quand même lever le doute. La voix, la femme, la neige. Il a besoin de voir le visage de Gretel Castellanos. Il a besoin de savoir que ce n'est pas avec elle qu'il est en train de parler. Il s'approche du corps de la fille du quincaillier et tire la bâche, cherche le visage. Il le trouve et réalise instantanément son erreur. Sa faute. Il ne peut pas se laisser aller à ce genre de superstitions. Ça le met en colère. Bien sûr que ce n'est pas avec Gretel Castellanos qu'il est en train de parler.

« Où êtes-vous, madame ? »

La femme tarde à répondre. La neige la déconcentre. Beaucoup.

« Qu'avez-vous fait d'Orlosky ?

– Madame, donnez-moi votre nom. Dites-moi où je peux vous trouver. »

La femme, surprise, hésite. Elle n'a pas appelé dans cette intention. En réalité, elle ne sait pas quelle était son intention, mais certainement pas celle-là.

« Vous connaissez l'école rurale n° 221, sur la route qui va à Carhué ? »

Pampa fouille dans sa mémoire, un nœud dans la gorge. Il est ému.

« Oui.

– Venez, je vous y attends », dit la femme. Elle a la voix de quelqu'un qui parle les yeux fermés.

« Comment je vous reconnaîtrai ?

– Vous ne pourrez pas vous tromper, monsieur l'agent. »

Les yeux fermés, les yeux fermés.

« Et pourquoi êtes-vous là-bas ?

– Parce que j'y habite, parce que je suis la Directrice », dit la femme qui maintenant ouvre les yeux et met un terme à la conversation.

Je suis l'hiver.
Je suis l'hiver.
Je suis l'hiver.
Je suis l'hiver.
Je suis l'hiver.

Chapitre 4
Pampa, Gretel, Orlosky, la Directrice

C'ÉTAIT l'heure de la dernière récréation à l'école rurale n° 221 et la Directrice, par la fenêtre de l'ancienne salle de classe qui lui servait de bureau, contemplait à l'autre bout de l'école le petit terrain de football. Au-delà des cages de but rouillées et du gazon brûlé par le soleil, de l'autre côté du grillage qui délimitait le site, vers l'ouest, s'étendait un champ de soja, des rangées de feuilles vertes et épaisses jusqu'où portait son regard. Avant, elle n'aurait pas pu voir ce paysage horizontal et monotone, d'un vert presque noir sous le soleil couchant qui l'éblouissait. Avant, il y avait l'arbre.

Les voix des enfants lui arrivaient par faibles rafales depuis la cour de devant. Elles se perdaient dans toutes les directions et n'atterrissaient nulle part, hormis un cri ou un rire en particulier que la Directrice attendait. Combien de récréations avait-elle passées ainsi, à attendre ? Combien de fois en fin de journée, à l'heure de la dernière récréation, quand la fatigue se nourrissait de ce brouhaha, s'était-elle arrêtée à cette fenêtre avec cette tristesse satisfaite ? Il y avait soixante-quatorze enfants entre six et quatorze ans, dont la plupart rentraient chez eux à la sortie des classes. Vingt restaient. Ils mangeaient, dormaient et vivaient là pendant l'année scolaire. Avec elle et deux des institutrices.

Dans l'école rurale n° 221 habitaient : elle, les deux institutrices, les vingt enfants, treize filles et sept garçons, et avant, pour une courte période, son petit-fils.

La Directrice, aveuglée par le soleil de l'après-midi, a regagné son bureau. A regardé l'heure. Dans moins d'une minute sonnerait la cloche et les enfants rejoindraient les trois salles de classe qui composaient l'école. Là, ils se répartiraient par groupes d'âge plutôt que par niveaux. La Directrice s'est assise à son bureau et a fermé les yeux. Elle a soupiré. Elle a longé mentalement les quatre murs qui l'entouraient. Sur celui du fond, il y avait le tableau datant de l'époque où la pièce avait été une salle de classe, les cartes de la province, du pays et du continent. Sur les côtés, deux meubles de rangement. L'étagère en métal avec des livres en désordre. Les papiers cartonnés collés aux murs avec des aide-mémoires et des dessins d'élèves. Le portrait de Sarmiento. Mais plus rien n'avait d'importance désormais. Elle voulait se souvenir de l'arbre qui n'était plus là. Le flambant eucalyptus, haut et touffu, qui, il y a encore quelques jours, se trouvait à un ou deux mètres de sa fenêtre.

La cloche a sonné, un tintement désaccordé, dissonant. Un martèlement aigu qui même en été lui donnait froid. En quelques minutes, le silence s'est fait. Les enfants étaient en classe. La Directrice a ouvert les yeux. Elle n'arrivait plus à se souvenir de l'arbre, de l'exacte texture de son ombre. Elle n'arrivait plus à s'en souvenir sans revoir son petit-fils pendu là. Deux semaines avaient passé et la douleur s'était dispersée comme les voix des enfants dans la plaine. C'est alors qu'elle l'a su. Elle l'a senti au creux de l'estomac. La Directrice s'est levée et est retournée à la fenêtre. Les yeux secs, elle a regardé la souche coupée à trente centimètres du sol par ce grand gaillard qu'elle méprisait autant qu'elle l'aimait, ses racines impassibles laissant voir leurs croupes grises et lisses. C'était vrai. Le pincement au creux de l'estomac disait que c'était vrai. Le soleil du crépuscule en plein visage, la Directrice a admis que l'arbre lui manquait plus que son petit-fils.

*

Pampa regarde fixement le téléphone silencieux. L'écran affiche un inquiétant « inconnu ». La neige tombe, flotte et s'élève, même, quand le vent parvient à se dresser contre le froid calme et lumineux qui domine le jour. Concentré, Pampa lit et relit le mot comme s'il pouvait y déchiffrer les réponses dont il a besoin. Que faire d'Orlosky. Que faire du corps de Gretel Castellanos. Comment sortir d'ici.

Comment arriver jusqu'à cette école où l'attend la femme, si tant est qu'elle ne lui ait pas menti. La situation est tellement fragile, ce serait tellement simple si tout s'arrêtait là. Mais rien ne s'arrête là. Rien ne s'arrête nulle part. Pampa est perdu dans cette plaine qu'il croyait connaître et sa seule bouée est une femme qui pourrait non seulement lui avoir menti, mais aussi bien ne pas exister. Il est très fatigué et a très froid. Il a faim et soif. Par moments, il doute de tout. Il n'y a pas que la femme qui n'existe pas. Orlosky enchaîné à l'arbre n'existe pas non plus, ni le corps de la fille du quincaillier enveloppé dans une bâche. Seul existe le paysage. Seuls existent les pins noirs. Midi est là mais ne ressemble en rien au midi que lui connaît. C'est une verticalité sans centre ni origine, d'un blanc décourageant. Il a envie de pleurer, Pampa, et peut-être pleurera-t-il. Il cherche une chose à laquelle se raccrocher. Il y a la Renault 12 d'Orlosky, il l'identifie, il l'a vue circuler dans les rues de Monge. La voiture est vert foncé et même sans la voir, il sait que la porte côté conducteur a des éraflures couleur brique. Pampa s'ébroue comme un chien mouillé pour se donner du courage. Il se force à énumérer les fois où il a vu ce véhicule rouler dans le village ou garé devant le bar de Rocha. Si cette voiture est réelle, alors la femme l'est aussi. Il se force à croire que la femme avec laquelle il a parlé existe et qu'elle lui a dit la vérité. Qu'elle l'attend. Cependant, il doit d'abord décider ce qu'il va faire d'Orlosky et du corps de Gretel Castellanos. Le géant gît toujours inconscient, de temps à autre il balbutie, grogne et gémit. Il ne peut pas le laisser là, à la merci du froid. Et s'il appelait Parra ? Ce n'est pas une mauvaise idée, mais pour ça il lui faudrait savoir où il se trouve. Sans compter qu'il a laissé la radio sur la moto, et que pour le moment il se sent incapable de bouger, de s'éloigner d'ici. Il est dépassé, abruti par le manque de sommeil, par le désarroi. Comment est-il arrivé jusqu'à cette baraque abandonnée, jusqu'à ce midi transparent qui semble inamovible, comme si la possibilité de l'après-midi et de la nuit avait disparu ? Pas moyen d'échapper à l'instant présent. L'instant est un piège. « Inconnu », indique l'écran du téléphone. Pampa souffre, cherche à se remémorer un numéro qui pourrait lui être utile, et doit admettre qu'il ne connaît même pas celui du poste de police. Celui de son ancien chez lui est le seul dont il se souvienne. Qui répondrait s'il appelait ? Le fantôme de son père, de sa mère, son propre fantôme ? Si seulement il pouvait appeler la femme, lui parler à nouveau, croire à n'importe quel autre de ses mensonges. Mais il ne peut pas. Et Orlosky qui est encore là, enchaîné à l'arbre. Et la lumière de midi qui fait encore reluire la bâche enveloppant le corps de Gretel Castellanos. Et la neige qui tombe, qui flotte, qui lui effleure le visage. Pampa a besoin de s'isoler, de s'éloigner de tout pour pouvoir mettre ses idées au clair. Il fait quelques pas en arrière, comme s'il voulait prendre du champ. Quand ses talons heurtent le monticule de terre qu'Orlosky a formé en creusant le trou, il s'arrête. Le trou est là. Pampa regarde maintenant le trou noir, pas très profond, où un peu de neige a commencé à se déposer. Il enfonce un pied, puis l'autre. Il descend, il est dans le trou. Et il fait ce qui enfin le libère de toute pensée : il s'allonge sur le dos. Pampa a la mâchoire serrée, les muscles tendus. Ce n'est pas tant la peur qui le prend mais l'incrédulité. Le fond du trou est trop grand pour lui. Ses yeux sont plus ouverts qu'ils ne l'ont jamais été. Il observe le rectangle pâle de ciel qui se détache, il hume la terre noire et vivante qui l'entoure. Il respire, Pampa. Voilà ce qu'il fait. Il inhale profondément, remplit ses poumons de cet air froid qui n'est pas le même qu'en surface, qui ne peut pas l'être. Être vivant, en cet instant, toujours le même instant que celui dont il ne peut s'échapper, lui apparaît plus insolite qu'être mort. Couché au fond du trou, au fond de la tombe inachevée qu'Orlosky a creusée pour Gretel Castellanos, Pampa sent ses pensées s'ordonner et disparaître. Il n'y a plus que son corps maigre et vif. Là, depuis ce trou fait pour un mort qui n'est pas lui, il a l'impression d'épier par le trou d'une serrure les champs sous un zénith hostile. Pampa respire profondément jusqu'à ce que l'instant se brise. Comme le craquement d'un os qui se casse. Il respire profondément et ressent l'urgence de se mettre en mouvement. De sortir du trou, de la tombe. Mais c'est à ce moment-là que ses sens se mettent en alerte. Il peut sentir sa présence. L'intrus, l'inconnu est là, dehors, il rode sur ses traces.

*

Gretel est retournée à Buenos Aires et s'est transformée en voix saccadée dans le combiné du téléphone. C'est ce qu'elle est devenue pour son père, pour sa tante, mais surtout pour Esteban. Et elle vivait pour ces appels dont elle sortait aphone, grave.

Les premières fois qu'elle a parlé avec Esteban, il lui demandait sans relâche de revenir, mais il s'est vite rendu compte que cela provoquait son mutisme : elle arrêtait de parler, ou répondait par des monosyllabes de plus en plus espacés, et finissait par raccrocher. Esteban s'est mis alors à se mordre la lèvre inférieure et cette habitude lui est restée. Il ne fallait pas implorer, pas demander. Juste l'écouter. Gretel parlait sans s'arrêter, d'une voix cassée et enthousiaste qu'Esteban avait du mal à reconnaître. Elle parlait de la ville, de ce qu'elle voulait faire, de ce qu'elle faisait. Surtout de ce qu'elle voulait faire et de ce qu'ils pourraient faire ensemble s'il se décidait à venir. Quand au bout d'une grosse demi-heure ils raccrochaient, Esteban était épuisé. Parfois, pas souvent, épuisé et heureux. Très souvent, épuisé et malheureux. Il essayait de se rappeler tout ce qu'elle avait dit, mais l'oubliait instantanément. Les phrases, les images se mélangeaient. Il ne lui restait que l'image de Gretel entourée de fantômes rauques, silhouettes obscures de personnes qu'il ne connaissait pas mais qu'elle s'entêtait à lui faire connaître. Car elle en nommait beaucoup, des personnes, Gretel, et si jamais il s'enquérait de l'une d'elles, Gretel se fâchait. « Il faut que tu viennes », lui disait-elle quand la colère retombait, et Esteban se taisait. Aller où ? Où était-elle ? En général, ils s'appelaient le soir. Esteban sortait marcher un peu, il arrivait sur la place principale de Rojas, s'asseyait au comptoir ou à une table du bar où Gretel travaillait avant, il l'écoutait et, quand c'était à son tour de parler, il ne savait pas quoi dire. Comme ils s'aimaient ! Après ces conversations, Esteban n'arrivait pas rentrer à l'appartement. D'où l'appelait-elle, depuis quand ? Dans quel lieu et quel temps était-elle ? Gretel lui avait décrit la chambre de la pension où elle se trouvait, mais Esteban avait du mal à y croire. Des murs roses pâles, un lit au cadre métallique, un plafond très haut, une fenêtre avec un rebord où elle s'asseyait et qui donnait sur une rue où passaient le 17 et le 70, deux lignes de bus vertes. « Le 70 est en train de passer », disait Gretel assise dans l'encadrement de la fenêtre, et tous deux se taisaient. Un week-end où il n'a pas pu supporter la solitude de son studio, Esteban a pris un bus longue distance direction Carhué. Il est descendu avant, sur la route, devant une rangée d'eucalyptus. Le bus est reparti et Esteban est resté sur le bas-côté. Derrière les eucalyptus, une vingtaine d'enfants de tous âges en uniforme d'écoliers couraient dans tous les sens. Quand le bruit du moteur du bus s'est suffisamment éloigné, il a entendu leurs voix. Il n'y avait apparemment pas de logique dans ce qu'ils faisaient. Esteban a essayé de deviner à quoi ils jouaient, mais n'a pas réussi. C'était plusieurs jeux en même temps, qui se croisaient et s'ignoraient. Cette nuit-là, après avoir dîné avec sa grand-mère, il a appelé Gretel. Ça a coupé plusieurs fois, la communication n'était pas bonne. Mais ils ont insisté. Pour la première fois, Esteban a parlé plus que Gretel. Il lui a dit où il était, il a menti et simplifié un peu. Il a parlé des enfants à la récréation. Il a beaucoup parlé de ça. Le dimanche soir, Esteban n'est pas retourné sur la route attendre le bus qui le ramènerait à Rojas. Il l'a vu passer devant lui depuis l'obscurité des eucalyptus. Il est resté là, à marcher en zigzag d'un arbre à l'autre, en se mordant la lèvre inférieure. Cette nuit-là et les suivantes, ils se sont reparlés. Deux voix saccadées dans le silence.

*

Voilà ce que provoque l'intrus, ce que provoque sa présence : la confusion des sens. Pampa, encore couché au fond du trou, l'écoute avec les dents, le sent avec les oreilles, le voit avec la peau. L'intrus fait des rondes, rôde, en fouillant partout. Il est scrupuleux, minutieux, son être lent et recroquevillé sur les choses et les traces des choses. Comment Pampa le sait-il ? Parce que Pampa sait tout de cet inconnu. Il sait tout sauf de qui il s'agit, de quoi il s'agit. Par moments, il sent qu'il s'approche du trou, qu'il est prêt à se pencher et il en a le souffle coupé. C'est ce qu'il désire et qu'il craint le plus. Mais l'intrus n'en fait rien, il s'arrête à la limite de son champ de vision et reste là. Il cherche, explore, comptabilise. Et finalement, sans que Pampa ne sache pourquoi, il disparaît aussi brutalement qu'il est apparu. Il est parti et le vertige de ce vide aspire le corps de Pampa. Des échos nerveux au fond de cette tombe qui n'est pas la sienne. Pampa est repris par l'urgence de sortir de là, de se mettre en mouvement. Il s'attarde quelques secondes encore. Suffisamment pour annuler le pari : oui, il pourrait rester là autant qu'il veut, mais il ne veut pas. Tout en sachant que l'intrus est parti, ou, encore mieux, qu'il n'y a jamais eu d'intrus, il se montre avec prudence. Il n'est pas là, il n'a jamais été là. Il regarde à ras du sol. Le corps de Gretel Castellanos enveloppé dans la bâche à portée de main, Orlosky plus loin, enchaîné et inconscient, les pins noirs, la maison, la Renault 12. Il sort du trou et prend la pelle. Puis y retourne et se met à creuser. Il va terminer le travail d'Orlosky, c'est la première chose à faire. Pendant qu'il était dans le trou, il s'en rend compte maintenant, il a pensé à Irina, la vagabonde qui brûle les croix des tombes dans les maisons abandonnées de Monge. Son rire et ses mots. Surtout son rire, mais aussi ses mots. Elle a raison. Il ne faut pas laisser les morts transformer les champs. C'est ce qui l'empêche de poursuivre, c'est ce désordre. Et il va y remédier pour pouvoir continuer, pour partir à la recherche de la femme, celle du téléphone. Le bruit des premières pelletées réveille Orlosky. Le géant, encore sonné, le regarde faire. Il est de plus en plus sombre et petit, ce gars. Et menaçant.

« Qu'est-ce que tu fais ? »

Pampa ne répond pas à la question d'Orlosky et continue de creuser. Il ne s'arrête que pour vérifier s'il a atteint une profondeur suffisante, constate que non et poursuit.

« Qu'est-ce que tu fais ? Tu vas l'enterrer ? Laisse-moi t'aider... »

Il y a, dans la voix d'Orlosky, un tremblement, un espoir. Mais le silence de Pampa est dur. Il n'y a en lui aucun espoir. Orlosky gémit. Parle.

« J'ai très mal au bras... Je suis malade, je peux pas rester comme ça. Je peux pas, je peux pas. Appelle quelqu'un. Appelle une ambulance. J'avoue tout. Je te raconte tout. Appelle quelqu'un... »

Pampa continue de creuser. L'exercice lui a fait du bien, l'a réchauffé un peu, son corps se détache sur l'heure resplendissante. Son corps est noir comme les pins noirs, comme la terre noire où il plonge sa pelle. Il se sent bien, Pampa, en faisant ce qu'il fait, il sent que la pelle est le bon outil, celui qu'il lui faut. Il creuse, il est déjà près d'atteindre la profondeur souhaitée, le diamètre aussi.

« Je l'ai tuée, je l'ai tuée... sanglote Orlosky, crachant une culpabilité improvisée, tantôt vraie tantôt feinte. Je l'ai pendue à l'arbre pour qu'on la retrouve... Et personne ne l'a retrouvée... Pourquoi personne ne l'a retrouvée ? Elle m'avait dit qu'on la trouverait... D'où tu sors ? Qui es-tu ? Qu'est-ce que tu veux ? Dis-moi ce que tu veux, salopard ! »

Pampa ne semble pas l'entendre. Il marche maintenant dans le fond du trou pour l'aplanir. Il ne lui arrive pas encore à la taille, comme il l'avait projeté, mais il décide d'en rester là, il décide que ça suffit. Il sort de la fosse, pose la pelle sur le côté et fait rouler le corps enveloppé dans la bâche. Il le laisse sur le bord, doute, il aimerait pouvoir faire ça autrement mais ne voit pas comment, et il le pousse. En tombant, le corps de Gretel Castellanos fait un bruit sourd qui lui remplit les yeux de larmes. Pampa n'est pas ému : c'est plutôt comme le crissement d'une craie sur un tableau. Il se passe une main sur le visage, essuie sa transpiration et attrape la pelle. Le temps d'une seconde, Orlosky reprend espoir, l'expectative le rend muet. Pampa pourtant ne recouvre pas la tombe. Il se retourne face à Orlosky. S'approche d'un pas décidé. Soulève la pelle comme une batte de baseball et frappe. Orlosky n'a pas le temps de deviner ses intentions. Il l'a touché en plein crâne. Un son, un seul, comme celui d'une cloche qui ne fait pas virevolter les oiseaux, restés à attendre, vigilants, que le bruit se répète. Mais il ne se répète pas. Le coup a fait perdre connaissance à Orlosky. Après s'en être assuré, Pampa tire deux fois sur le cadenas. Cette fois, les oiseaux font un raffut d'ailes que Pampa ne voit pas ni n'entend, trop absorbé par sa tâche. Il défait la chaîne, retourne le corps d'Orlosky et le fait rouler. Il n'est pas aussi lourd que ce qu'il croyait. Il lui paraît même moins lourd que celui de Gretel Castellanos. Il a du mal à bien le positionner, comme si Orlosky, ou plutôt son corps, se refusait à aller vers la tombe béante. Pampa pousse d'un côté, puis de l'autre, le remet en place, le fait tourner sur lui-même. Cette fois il ne s'arrête pas au bord. Il pousse encore et le laisse tomber. Le bruit qu'il produit en heurtant la bâche qui recouvre le corps de Gretel Castellanos est différent de celui qu'a fait la fille du quincaillier, mais pas tant que cela. C'est la modulation définitive d'un corps qui tombe. Pampa prend la pelle et, cette fois, se met bel et bien à combler la fosse. Orlosky est tombé sur le dos et, avec les premières pelletées de terre qui tombent sur sa figure, il reprend légèrement connaissance. Juste assez pour se pisser dessus de terreur. Mais il ne peut pas bouger. Alors que la terre le recouvre petit à petit, il ne peut rien faire. Les pelletées suivent un rythme si régulier que Pampa comme Orlosky, de manière très différente, ne les entendent même plus tandis qu'elles se fondent dans le silence.

*

Orlosky, dans l'écheveau embrouillé des années qui s'étiraient et se tordaient dans sa mémoire comme des muscles courbaturés, ne se rappelait ni où ni quand il avait cessé de jouer au basket. Au cours de ses pérégrinations de villes en villages qui se ressemblaient tous, il s'est retrouvé à travailler en tant que maçon, déménageur, dans des chambres froides et comme porteur de bagages dans les gares routières les plus reculées. Il a chargé des sacs de céréales dans des centaines de camions et d'une centaine d'autres les a déchargés. Il s'est habitué à l'inconstance de son corps, aux assauts de douleur dont il sortait prostré et qui lui faisaient perdre chaque fois son travail. Et il s'est habitué à la constance de l'alcool, il s'y est accroché pour ne pas oublier sa chute. Car malgré l'abrutissement du malheur et de la solitude, Orlosky, d'une impartiale lucidité, savait qu'il n'en avait pas fini de chuter, que cela durerait encore longtemps, longtemps. Il a arrêté de grandir en hauteur, il s'est voûté et son corps est devenu épais, lourd, suffisamment mou pour confondre les heurts et les coups avec des effleurements et des caresses. Ses mains ne lui paraissaient plus si terribles ni si solitaires. Il parlait peu et avec peu de gens. Il n'avait ni amis ni amantes. Il allait d'un endroit à l'autre sans projets ni expectatives. Parfois il gémissait de longues heures durant dans des chambres anonymes et hantées. Qu'elles soient liées à ses articulations, à son dos ou à un souvenir, les plaintes étaient les mêmes. Sourdes, monotones. Depuis une autre chambre, on aurait pu les prendre pour la respiration d'un asthmatique. Et il y avait toujours une autre chambre, quelqu'un qui écoutait dans le noir, émerveillé par l'ampleur de cette disgrâce. C'est ainsi que dans un hôtel miteux de la banlieue de Rosario, Orlosky a rencontré Norton. Un homme vieux, très vieux, qui a frappé à la porte de sa chambre, une bouteille de whisky à la main. Norton était un homme mystérieux. Un homme plein de secrets, qu'il racontait à la première occasion, jusqu'à en être vidé. Cette nuit-là, pendant qu'ils buvaient la bouteille de whisky, il a fait à Orlosky le récit de ses arnaques et autres larcins, la quantité considérable de dettes qu'il avait contractées un peu partout. Norton était un homme mystérieux : un instant après avoir fait sa connaissance, il n'avait déjà plus de secrets. C'était une coquille vide d'où sortait une voix grave. Orlosky et Norton ne sont pas devenus amis. Pas même associés. Les jours qui ont suivi, ils se sont salués poliment et au bout d'une semaine, Norton avait disparu. Mais Orlosky ne l'oublierait pas, car face à lui, face au visage pâle et labouré du vieux, tandis que Norton parlait et lui remplissait sans arrêt son verre de whisky qu'il ne lui laissait jamais terminer, il a pris conscience qu'il pouvait le tuer et que cela n'aurait aucune importance. Orlosky, qui pendant des années avait ressenti une vague culpabilité envers les choses et les gens, qui avait toujours inévitablement, fatalement, l'impression d'avoir fait quelque chose de mal sans savoir quoi, a ressenti alors une inquiétante légèreté. Il pouvait tuer ce vieux, lui tordre le cou comme à un poulet sans même prendre la peine de se lever, et il n'y aurait pas de culpabilité. Pour la première et unique fois de sa vie, il s'est demandé quel genre de personne il était et n'a pas trouvé de réponse. Et cela lui était égal de ne pas en trouver. Il s'est contenté de la certitude que là, entre les extrêmes possibles, entre une bonne et une mauvaise action, il y aurait la chute définitive. Et c'était beaucoup plus que tout ce qu'il avait su jusque-là.

*

Il reste encore de la terre sur le côté de la fosse quand Pampa décide qu'il en a fini. Il fait le tour de la tombe. Il est tenté de marcher dessus pour la tasser, faire les dernières retouches. Il soupire et se retient. Ce qu'il avait à faire est fait, il ne doit pas exagérer. En tombant, la neige forme une patine grise sur la terre retournée, une transparence sale qui se consume vite. S'il attend, la neige recouvrira la tombe. Mais il n'attendra pas. S'il attend, il risque de le regretter. Il emporte la pelle et la chaîne avec laquelle il a attaché Orlosky dans la cabane à outils. Revient. Étale le surplus de terre à coups de pieds. S'éloigne de quelques pas et observe. Il approuve, satisfait. Le travail physique lui a creusé l'appétit. La faim au moins est une chose qu'il peut affronter. Il s'en va, laissant tout en plan derrière lui. Il entre dans la baraque et mange, boit ce qu'il y trouve entre deux grimaces. Il gesticule, comme s'il faisait semblant.

« Quelle faim de loup », dit Pampa.

En le disant, il pourchasse sa voix dans ce bric-à-brac qui n'est pas à lui, sans l'atteindre. Il s'est écouté comme il le fait quand il chante, mais ce n'est pas la même chose. La voix, sa voix, s'est éteinte trop vite, sans écho, du côté des escaliers.

« Quelle faim de loup », il insiste, approuve. Il fourre un bout de pain sec dans sa bouche, mâche et ressort.

Depuis le seuil, Pampa scrute l'horizon lumineux. La lumière du jour l'aveugle et son regard se raccroche aux arbres qui entourent la propriété. Il essaie de retrouver entre les pins l'endroit d'où il est venu. Des quantités de pins que Pampa, soupçonneux, évite de regarder : non, ils n'ont pas bougé. Ils sont toujours à la même place, et le chemin par lequel il est venu est toujours là, et c'est celui qu'il va prendre. L'idée de se servir de la Renault d'Orlosky ne lui traverse même pas l'esprit. Ce serait du vol. Et puis, il y a dans le fait de reprendre sa moto une superstition arithmétique. Il est arrivé là, dans cet endroit inconnu où il se trouve à présent, sur sa Honda 100, et ce n'est que grâce à elle qu'il pourra repartir, retrouver la plaine qu'il connaît. Pas de doute. Il passe entre les pins sans regarder sur les côtés, sentant sous ses semelles la consistance étrange de la neige, blanche et crissante. Après les pins s'étendent les champs. La luminosité l'oblige à plisser les yeux, à mettre sa main en visière. Tout ce qu'il voit est lointain. Il y a un moulin, si loin qu'il serait incapable de dire si ses ailes tournent ou pas. Il y a un groupe d'arbres un peu plus près, sur la gauche. Il y a, croit-il, une clôture qui traverse tout le champ. Où est la route ? Pampa ne se rappelle pas avoir franchi de clôture, mais à mesure qu'il avance, il parvient à distinguer plus nettement la rangée de piquets squelettiques. Il doit bien être passé par là, peut-être à un endroit où le barbelé est coupé. Pourvu que ce soit ça. Ça lui donnerait un point de repère. Avec cet espoir, il poursuit sa marche. Par endroits, ses bottes s'enfoncent plus qu'il ne s'y attendait ; à d'autres, la fermeté du sol le surprend. Il est conscient de ses pas, il les compte, il ne peut pas les oublier. Les pas cependant résistent au comptage. Un, deux, trois, trente-huit, soixante et onze, quatre-vingt-cinq... Un, deux, trois. Devant ses yeux, les piquets de la clôture grandissent et s'espacent les uns des autres. Il arrive déjà à distinguer les trois lignes tendues qui les unissent. Il y est, se tourne d'un côté, de l'autre. Dans les deux directions, le tracé est rectiligne et semble infini. Il baisse les yeux et cherche dans la terre une trace quelconque, mais la neige qui ne cesse de tomber efface tout. Sera-t-il effacé lui aussi ? Pampa se retourne pour voir ses propres traces. Elles sont là, mais plus pour très longtemps. Il doit partir d'ici, il doit retrouver sa moto avant que ses traces disparaissent, qu'elles le rattrapent. Il regarde à nouveau dans les deux sens et se résout à aller vers la gauche. De ce côté-là il y a les arbres et plus loin le moulin, c'est comme si la plaine s'inclinait dans cette direction. Il ne franchira pas la clôture pour l'instant, car il espère encore qu'elle soit ouverte à un endroit ou à un autre. S'il ne l'a pas franchie de nuit, il ne la franchira pas de jour. Un, deux, trois, quatre, cinq. Pampa, au lieu de ses pas, compte maintenant les piquets de la clôture. Entre chacun, il y a sept pas, il a vérifié, donc s'il le voulait il pourrait calculer le nombre de pas, mais il ne veut pas. Il accélère la cadence à dessein pour casser cette exactitude. Il y a trop d'exactitudes en cette mi-journée qui n'en est déjà plus une. Tout est blanc autour de lui, tout est lumineux. Le froid est lumière, la fatigue est lumière, les minces flocons de neige sont des quartiers de lumière qui lui touchent le visage, seule partie de son corps qui soit encore à nu, car il a remis ses gants et enroulé son écharpe autour de son cou. Pampa avance le long de la clôture. Il marche en ligne droite mais ne se fait pas d'illusion. Dans la plaine, les lignes droites n'existent pas. Midi est déjà passé mais son ombre est toujours blottie sous ses pieds, et elle est, avec ses traces de pas, l'unique moyen qu'il a de savoir qu'il est toujours là, et qu'il continuera à y être tant qu'il n'arrêtera pas de marcher. C'est le contrat, et Pampa l'accepte. Au loin, à la limite de son champ de vision, le moulin tourne parfois, et parfois pas.

*

Ce n'est pas la Directrice qui a trouvé son petit-fils pendu à l'arbre. C'est une des institutrices, la nouvelle et la plus jeune. Que faisait l'institutrice debout à une heure pareille, à l'aube, marchant dans le noir sur le petit terrain de foot ? Elle fumait. Elle pensait qu'elle était probablement enceinte, que son fiancé l'avait mise enceinte. Voilà à quoi elle pensait en fumant malgré tout. Elle était à la fois apeurée et contente. Fumant dans l'obscurité, fascinée par le murmure des champs de soja sous la lune, elle ne l'a d'abord pas vu. L'idée de sa grossesse, le murmure sombre du soja, ce genre de choses lui donnaient des frissons. C'est seulement lorsqu'elle a fini sa cigarette et qu'elle s'est retournée, qu'elle a vu cette masse. Elle a tout de suite su ce que c'était. Qui c'était. Ces dernières semaines, le petit-fils de la Directrice avait vécu avec elles dans l'école, une ombre longiligne, serviable et silencieuse. L'institutrice n'a pas crié. Les pieds du garçon, dans le noir, semblaient vouloir toucher le sol. Elle a fait le tour du bâtiment et elle est allée jusqu'à la chambre de la Directrice, mais ne l'y a pas trouvée. Une lumière était allumée dans l'aile des salles de classe. À travers la fenêtre, elle les a vues. La Directrice discutait avec l'autre institutrice, qui était un peu moins jeune. Que faisaient la Directrice et l'autre institutrice dans une salle de classe, si tôt le matin, assises l'une en face de l'autre ? Elle a compris, en entrant, qu'elles étaient en train de dire du mal d'elle. Se doutaient-elles qu'elle était enceinte ? Cela se voyait-il déjà ? L'institutrice, celle qui avait découvert le petit-fils de la Directrice pendu à un arbre et n'avait pas crié, était subitement certaine d'être enceinte. Les deux femmes l'ont observée en silence, l'interrogeant du regard. Elle, consciente de l'importance du moment, s'est avancée comme sur une scène de théâtre, s'est penchée vers la Directrice et lui a parlé à l'oreille. La Directrice n'a pas crié non plus, ni en entendant ce que l'institutrice avait à lui dire, ni en voyant son petit-fils pendu. Pour la Directrice, cette nuit tout entière aurait la consistance d'un rêve muet. Tout était plus vrai, dans ce silence. À partir de cette nuit-là, de ce jour-là, parler lui semblerait irréel.

Les trois femmes firent le tour du bâtiment. L'autre institutrice en revanche, la moins jeune, a mis la main devant sa bouche et poussé un petit cri. La plus jeune, celle qui était enceinte, l'a prise dans ses bras. La moins jeune a pleuré sur l'épaule de la plus jeune. La Directrice s'est approchée du corps de son petit-fils. Sans se retourner, elle a demandé qu'on lui apporte une torche. Aucune des deux institutrices n'a bougé, toujours dans les bras l'une de l'autre. La Directrice a soupiré. Elle a regardé son petit-fils, a pensé à Orlosky, à l'appeler. La dernière fois qu'ils avaient passé la nuit ensemble, le géant lui avait dit qu'il l'aimait et elle l'avait chassé comme un chien. Quelle idée, comment pouvait-il imaginer une chose pareille. Pourtant son petit-fils était là, pendu à un arbre, et elle ne pensait à rien d'autre qu'à l'appeler. Et cela le lui rendait encore plus méprisable. Puis elle a insisté pour la torche et a demandé qu'on appelle Orlosky, le maçon, car elles auraient besoin de l'aide d'un homme pour descendre le corps. Elle a aussi demandé qu'elles arrêtent de pleurer : elles allaient réveiller les enfants qui dormaient dans l'école.

« Moi, je ne pleure pas, a dit la plus jeune des deux.

– Arrêtez de pleurer », a répété la Directrice, sans les regarder.

L'institutrice plus jeune est allée chercher la torche et l'autre l'a suivie. La Directrice est restée seule avec le corps de son petit-fils. Elle a levé les yeux vers les ombres, a cherché son visage. Oui, c'était bien lui, mais c'était aussi quelqu'un d'autre. Ses traits se fondaient avec ceux d'un autre et, pour ne pas s'étourdir, la Directrice a fixé son regard sur les pieds. Les lacets de la basket gauche étaient défaits. Elle a regardé le pied gauche un long moment. L'institutrice plus jeune a fini par réapparaître et lui remettre la torche.

« C'est toi qui as fait ça ? » a dit la Directrice en indiquant avec la torche le pied gauche de son petit-fils.

L'institutrice n'a pas compris. Elle n'a rien dit.

« C'est toi qui as défait ses lacets ? »

L'institutrice ne comprenait toujours pas.

« Où est Clara ? »

Clara était la moins jeune et elle essayait de joindre Orlosky.

« Dis-lui de ne pas l'appeler sur le portable. Qu'elle essaie au bar de Rocha, à Monge. À cette heure-ci, il est sûrement là-bas. Va lui dire, elle comprendra. »

L'institutrice est partie et la Directrice s'est retrouvée à nouveau seule. Elle a éclairé le visage de son petit-fils. Elle a éclairé le visage de ce quelqu'un d'autre. Tous deux étaient très jeunes. Elle a résisté à la tentation de lui refaire ses lacets. Mais les refaire à qui ? Une brise lui a apporté une odeur d'urine. Une tache sombre et humide s'étalait sur le pantalon du pendu. La Directrice a éteint la torche, s'est approchée du tronc de l'arbre et a vomi. Elle s'est essuyée la bouche du revers de la main. S'est redressée. Vomir lui avait bouché les oreilles, et au début elle a cru que c'est ce qui expliquait le bourdonnement. Dans le silence, quelque chose tremblait, encore et encore. La Directrice a cherché dans l'air obscur, dans les branches, dans le petit terrain de foot, dans le ciel étoilé, dans les champs de soja. Mais c'était plus près. Elle est retournée près du corps de son petit-fils. Dans la poche gauche de son pantalon, le téléphone portable vibrait et s'illuminait.

*

À l'horizon, le moulin a disparu derrière le bosquet. Et les arbres se sont regroupés, ramassés, comme s'ils étaient assaillis par la neige. Tout est loin, sauf les piquets de la clôture. Pampa a beaucoup marché, il est convaincu d'avoir marché plus qu'il ne l'a fait pendant la nuit pour arriver jusqu'à la grande baraque. Mais les trois lignes tendues du fil barbelé sont toujours là, et il sait qu'il n'a franchi aucune clôture. Et s'il était parti du mauvais côté ? Pampa ne peut pas se permettre de le penser, il ne peut pas reculer. Ni même se retourner pour voir le corps de ferme là où il l'a laissé. Il doit continuer, il doit avoir confiance. Pampa sait que les distances sont instables. Que l'obscurité rapproche les choses quand la lumière les éloigne. Maintenant, il y a beaucoup de lumière ; jamais dans sa vie il n'a affronté autant de lumière. Du ciel nuageux et compact tombent des cris d'oiseaux invisibles. Pampa les entend et n'y croit pas. Aucun oiseau ne volerait avec cette neige. Il préfère penser que les cris proviennent de sa mémoire. Qu'il pourrait tout aussi bien s'agir d'autre chose. Pourtant, quelque chose de blanc survole la campagne blanche. Ce ne sont pas des oiseaux. Et lui, à tout moment, cessera d'être un homme, un policier. Les piquets de la clôture se succèdent, imperturbables, Pampa accepte sa défaite, et dans sa défaite il se sent innocent. Il n'a rien fait de mal, rien de bien non plus. Il pourrait marcher pour toujours le long de la clôture, dans cette plaine inconnue, sous ce ciel inconnu. Mais alors, sans qu'il s'y attende, sans qu'il se le dise, sa voix se fait entendre. Pampa se met à réciter les quatre mots de la phrase qu'il a notée dans le cahier de son père. Cette phrase qu'il avait oubliée et dont il ne se souvient pas non plus maintenant, car même si c'est lui qui la prononce, il ne se demande pas d'où elle vient. Timide et rauque au début, sa voix se resserre et monte, grimpe et s'affirme. Et l'innocence disparaît. Coupable à nouveau. Coupable d'avoir enterré vivant un homme, enterré morte une femme, de ne pas avoir accompli son devoir de policier. Coupable de cela mais aussi de choses plus insignifiantes, de celles qui font le quotidien. Pampa le sait de tout son corps mais surtout de ses mains. Il sait que pour être en faute il suffit d'une chose, d'une seule suivie d'une autre. Des fautes comme des piquets. Pampa marche et récite, déclame, et la lumière qui l'aveugle se fissure. Les piquets de la clôture l'accompagnent, le guident. La même phrase, encore et encore, comme s'il était en train de l'écrire dans ce dernier carnet qu'il a oublié. Avec conviction. Lui ne s'arrêtera pas et la clôture continuera à couper le champ en deux. Jusqu'au moment où ce ne sera plus le cas. Jusqu'au moment où ce n'est plus le cas. La barrière que Pampa entrevoit au loin est comme un mirage douloureux. Il ne récite plus, ne marche plus. De l'autre côté de la barrière, le chemin se perd en direction de toits lointains. De son côté à lui, le chemin dessine une courbe. Dans cette courbe, un panneau lui tourne le dos, indiquant quelque chose à ceux qui se dirigent vers la barrière. Et près du panneau, entre des arbustes qui ploient sous la neige, se trouve la moto. Un rétroviseur lui renvoie la lueur d'une étincelle. Un court instant, Pampa a la tentation de continuer à marcher le long de la clôture comme si de rien n'était.

*

Une fois de plus, Gretel s'était endormie le téléphone à la main en attendant un appel d'Esteban.

Et une fois de plus, quand elle s'est réveillée, tout était à sa place. Le téléphone dans sa main et elle dans sa chambre, au premier étage d'une grande maison aux plafonds hauts et aux portes grinçantes, encore plus grande du fait que les vingt personnes qui y dormaient à ce moment-là, dans d'autres chambres, étaient vingt inconnus. Sa chambre était plongée dans l'obscurité, la fenêtre filtrait les lumières de la rue et, sur le trottoir, l'ombre tordue de l'arbre se reflétait sur le kiosque à journaux. C'est le bus 70 qui l'a réveillée. À force, elle était capable de reconnaître son vrombissement prudent, dans le virage, contrairement à celui du 17 qui passait en trombe et tout droit, dévorant le petit matin. Elle a regardé l'heure. Il était très tôt. Elle a consulté son téléphone : aucun appel en absence. Esteban n'avait pas appelé. En contemplant les ombres au plafond, Gretel s'est demandé comment elle allait pouvoir se rendormir. Elle s'est assise sur le lit. S'est frotté le visage. A tendu l'oreille. C'était l'heure où à l'aube, le grincement de la maison se confondait avec celui de ses habitants. L'heure dont la profonde quiétude contenait une minuscule inquiétude, sournoise, zigzaguant dans l'obscurité de la maison jusqu'à se trouver un abri, et Gretel ne voulait pas l'abriter. Pour ne pas l'entendre, elle a appelé Esteban. Elle a laissé sonner jusqu'à tomber sur le répondeur. La voix enregistrée d'Esteban était pareille à son rire muet. Elle a réessayé plusieurs fois en vain. Elle s'est penchée à la fenêtre, la rue était vide. Ou pas vraiment. En réalité elle ne l'était pas. La Ford Taunus aux pneus crevés était toujours à sa place, presque à l'angle de la rue, sur un passage pavé. Gretel l'avait remarquée depuis des semaines, mais ne l'avait jamais regardée de nuit. Les vitres étaient cassées et la banquette arrière remplie de déchets que les gens jetaient sur leur passage. Gretel y avait elle-même jeté des canettes de soda et des emballages. Elle était abandonnée et, à cette heure, en pleine insomnie, l'abandon était une qualité qui la dotait d'un étrange pouvoir. La Ford Taunus, là, abandonnée, passé minuit, était à son apogée. Gretel l'a contemplée un long moment puis elle a été tentée d'allumer la lumière. Mais la pudeur l'a retenue. À quoi bon une lumière allumée dans cette maison, dans la nuit ? Si seulement Esteban répondait... Elle a rappelé. Tout en entendant le téléphone résonner quelque part, le regard fixé sur la Ford Taunus de l'autre côté de la rue, elle sentait un nœud se former dans sa gorge. Elle a raccroché avant d'entendre la voix d'Esteban sur le répondeur. Elle s'est couchée et s'est laissée bercer par l'ombre de l'arbre, par les taches de lumière qui traversaient la fenêtre et se reflétaient sur le mur et une partie du plafond. Elle s'est dit qu'elle n'arriverait pas à dormir, et pourtant si, s'est-elle rendu compte un instant après, réveillée par le claquement d'une porte. La maison était silencieuse mais quelqu'un avait claqué une porte. Elle a cligné des yeux en regardant l'écran de son téléphone. Il était quatre heures du matin passées. Elle a rappelé Esteban. Ça a sonné deux fois et quelqu'un a décroché. Gretel, comme souvent, n'a rien dit parce qu'elle ne savait pas quoi dire, et à l'autre bout du fil, la personne a mis quelques secondes à se décider à parler.

« Qui est à l'appareil ? »

Gretel était déconcertée par cette voix de femme mûre.

« C'est Gretel Castellanos... Pardon, c'est bien le téléphone d'Esteban ?

– Oui. Je suis sa grand-mère.

– Ah... Bonsoir... Excusez-moi... a balbutié Gretel. Désolée pour l'heure, mais j'ai essayé d'appeler Esteban plus tôt... Il est là ? »

Et à mesure qu'elle parlait, l'angoisse avalait sa voix.

« Esteban ne va pas pouvoir te parler. »

Gretel s'était redressée sur son lit et regardait par la fenêtre. La Ford Taunus était toujours là. Elle-même était toujours là. Le téléphone à la main, près de son visage.

« Qu'est-ce qui s'est passé ?

– Il vaut mieux que tu l'oublies. Ça suffit comme ça, vous ne devez plus vous appeler...

– Dites-moi ce qui s'est passé, s'il vous plaît. »

À l'autre bout du fil, la grand-mère d'Esteban a gardé le silence. Elle a attendu. Et ce n'est qu'après avoir entendu les sanglots de Gretel qu'elle a raccroché.

Gretel sanglotait, en effet. Pendant de longues minutes elle a sangloté, cherchant à pleurer, cherchant une bonne raison pour le faire. Mais ni les pleurs ni la raison ne sont venus, et un sentiment de fatalité l'a rendue muette. Elle n'a pas essayé de rappeler. La voix à l'autre bout du fil s'était montrée calme et impérieuse. Et elle savait qu'elle ne pourrait pas supporter d'entendre la voix d'Esteban sur le répondeur. Ne plus se parler ? Qu'est-ce que cela voulait dire ? Elle a cherché désespérément dans sa mémoire sa dernière conversation avec Esteban, mais elle n'arrivait pas à s'en souvenir, une de plus parmi tant d'autres. Autour d'elle la maison grinçait, les gens, les inconnus qui y dormaient grinçaient, et elle s'est mise à grincer aussi, elle pouvait l'entendre. Elle a fermé les yeux très fort et, en les rouvrant, a cherché dans la rue la forme de la Ford Taunus abandonnée. Elle l'a regardée longuement. Est-ce qu'elle grinçait, elle aussi ? Gretel, enfin traversée par les pleurs, a décidé que non, que cette ombre tranquille et silencieuse était là pour nous entendre tous, pour que les échos cessent de comploter dans leur coin et viennent y mourir.

*

Après une douzaine de tentatives, Pampa parvient à faire démarrer sa moto. Noyé par le froid, le moteur commence par pétarader, comme des détonations. Pampa attend que la moto se régule et que le bruit cesse de le brusquer. C'est lui qui l'a fait démarrer, certes, mais le bruit le dérange quand même, manque de discrétion. Et puis d'un coup, le silence s'est fait tranquillité, et Pampa s'aperçoit qu'il ne neige plus. Il n'aime pas quand cela arrive. Quand il commence ou cesse de neiger et qu'il n'en a pas saisi le moment exact. Le début et la fin de la neige sont deux choses déjà passées. Deux instants qui n'existent plus.

« La neige s'est arrêtée », dit Pampa sur sa moto. Voilà qui l'aide à mettre de l'ordre dans ses idées, à avancer.

Sur les deux cents premiers mètres, Pampa parvient à éviter plusieurs chutes. Le chemin de terre est recouvert d'une couche de neige blanche sur laquelle la moto s'enfonce et glisse. Il y a de la boue et de l'herbe gelée qui craque. Au premier croisement, il constate qu'un véhicule a déjà emprunté le chemin. Pampa tourne pour profiter du sillon que ses traces de pneus ont laissé dans la neige. Il parvient à stabiliser sa vitesse et accélère un peu. Le vent gelé lui brûle la figure. Il ne sait pas où mène ce chemin, mais a l'espoir qu'il débouche au moins sur une nationale. Cela lui suffirait pour se repérer. Il suit les traces de pneus sur plusieurs kilomètres. Concentré sur le chemin, il n'essaie pas de reconnaître les champs qu'il traverse. Et puis, il sait que ça ne servirait à rien d'essayer. La plaine où il progresse est un territoire sans mémoire, étincelant. Le peu de constructions qu'il voit au loin semblent surgies du néant et tout aussi prêtes à être absorbées par lui. Il y a un certain courage dans ces maisons solitaires, dans les colonnes de fumée qui sortent de leurs cheminées. Pampa les voit du coin de l'œil, les respecte, mais il préfère ne pas leur accorder une seule de ses pensées. Il pourrait faire un crochet, s'arrêter devant l'une ou l'autre pour demander où il est, mais il ne le fait pas. Il a peur, il ne sait pas s'il serait capable de parler, de soutenir une conversation avec qui que ce soit d'autre que la Directrice. Il a aussi peur de trouver une maison vide, avec un feu allumé. Pourrait-il résister à la tentation d'y rester pour toujours ? Ces maisons, Pampa voudrait ne pas y penser mais il ne peut pas faire autrement. Et son attention faiblit. La moto glisse et bascule. Pampa parvient à sauter pour ne pas rester coincé dessous. Ils tombent séparément. Pampa d'un côté, la moto de l'autre, entre les deux le chemin. Les roues continuent à tourner un long moment et Pampa les regarde. Il n'a rien de grave, juste un poignet foulé, mais il tarde à se relever. Tant que les roues n'ont pas cessé de tourner, Pampa ne se lève pas.

Cette fois, deux tentatives lui suffisent pour démarrer. Fermement en selle, il accélère. Il ne pense plus aux maisons, il ne les voit plus. Il ne regarde plus que le chemin et il cherche. Au sol, après sa chute, il a cligné plusieurs fois des yeux comme si sa vue s'était voilée. Il s'est même frotté les yeux et a regardé le ciel. Les nuages s'étaient assombris. Ils ne l'aveuglaient plus. Pampa a regardé l'heure et a eu du mal à croire qu'il était déjà cinq heures de l'après-midi. La nuit allait bientôt tomber. Il ne regarde plus que le chemin maintenant. Il veut gagner la course contre le crépuscule.

Il lui faut trouver une route avant que la journée ne s'achève.

Quatre kilomètres plus loin, il retombe sur un carrefour. Il s'arrête et cherche à déterminer s'il vaut mieux tourner ou continuer tout droit. Il en est là quand il distingue au loin un point noir qui grossit jusqu'à se transformer en camionnette. Il la regarde avancer un long moment, brinqueballant sur le chemin couvert de neige. La camionnette grandit sous ses yeux mais avance tellement lentement qu'on croirait qu'elle ne va jamais arriver. Pampa s'impatiente, il a l'impression qu'elle devrait déjà être là. Devant ce paysage étrange, il ne sait pas évaluer les distances. Devant ce paysage étrange, son regard devient superstitieux. Elle est près, elle est loin. S'il la regarde, elle n'arrivera jamais plus ; s'il regarde le ciel, la nuit va lui tomber dessus. Pour dominer son angoisse, Pampa ferme les yeux et se laisse guider par le bruit du moteur. Ça y est, elle arrive. Encore un peu. Pas encore. Quand Pampa ouvre les yeux, la camionnette est à moins deux cents mètres. Maintenant qu'elle est tout près, il voit bien à quel point elle avance lentement. C'est une vieille Ford délavée par les intempéries. Elle arrive au carrefour et s'arrête. Un homme se penche par la fenêtre.

« Bonsoir, monsieur l'agent. »

Consterné, Pampa regarde le ciel. Il se contente de répondre par un mouvement de tête.

« Vous cherchez une ferme en particulier, monsieur l'agent ? »

Pampa ne veut pas avoir l'air perdu. Si l'homme ne mentionne pas la neige, il ne le fera pas non plus. Il regarde l'énorme tête penchée par la fenêtre. On dirait la gueule d'un sanglier. Mâchoire, cheveux hirsutes et crâne dégarni, de petits yeux. Dans la cabine de la camionnette, le corps épais de l'homme déborde d'ombres.

« Je rejoins la route », dit Pampa.

L'homme acquiesce, respire bruyamment. Mesure quelque chose, menton en avant.

« Vous n'êtes plus très loin, alors. Encore cinq kilomètres par là, tout droit », dit-il en signalant derrière lui le chemin par lequel il est venu.

Pampa le remercie et le regarde s'en aller. La camionnette disparaît en beaucoup moins de temps qu'il ne lui en a fallu pour apparaître. Après l'avoir perdue de vue, il s'active. Il ne tourne pas, ne prend pas le chemin d'où venait la camionnette. Il ne suit pas les indications de l'homme.

*

Depuis le vieux Norton et son visage fripé, jaune et inoubliable, chaque fois qu'il rencontrait quelqu'un, Orlosky se demandait s'il serait capable de le tuer. Ce n'était pas un questionnement morbide mais scientifique. Le plus scientifique qui soit pour Orlosky. Il regardait leur front, la base de leur nez, la forme de leurs sourcils et la ligne invisible qui les unissait comme s'ils contenaient la clef qui déciderait de leur sort. Nouveaux chefs, éphémères collègues de travail, serveuses indifférentes, prostituées indifférentes, propriétaires de pension indifférentes, médecins ou infirmières qui le recevaient à l'hôpital de garde quand il ne supportait plus la douleur. Parfois il sentait que non, et parfois si. Quand la réponse était « non », Orlosky l'acceptait et oubliait aussitôt. Mais quand la réponse était « oui », la question continuait à palpiter sous ses tempes, une douleur physique de plus, encore un nœud dans son corps rempli de nœuds. Ce n'est pas qu'il était tenté de passer à l'acte. Il voulait seulement se l'imaginer et en était incapable. L'imagination était pour lui un langage obtus. Il pouvait se dire, face à la serveuse d'un restaurant de routiers qu'il voyait pour la première fois : « Cette salope, je lui tordrais le cou comme à une poule », mais il ne pouvait pas s'imaginer en train de le faire. Il ne pouvait pas se représenter ses mains autour de son cou, sentir la pression, la résistance, le craquement définitif. Et puis, comment en arriver là ? Comment créer l'intimité nécessaire ? Son esprit se vidait et il devait alors, honteux et coupable, faire un effort pour reprendre ce qu'il était en train de faire, continuer à manger et à regarder la télévision, la route par la fenêtre, n'importe quoi qui puisse l'extraire de cette situation déroutante.

Tout était la faute du vieux Norton, de sa voix usée, de ses yeux transparents. Il lui avait fait quelque chose, cet homme. Il passait des nuits blanches à attendre que le vieux refasse son apparition. Il voulait retrouver cette sensation de légèreté, ce bien-être étrange et troublant. Le tuerait-il s'il le revoyait ? Aurait-il envie de le tuer ? Les mains d'Orlosky pétrissaient alors l'air avec précision, sans haine, méticuleuses et chirurgicales. Ses mains le démangeaient, sa volonté se raidissait, et il pouvait voir le visage de Norton grimaçant, aussi net et dépourvu de haine que ses mains, sans peur, comme s'il s'interrogeait lui aussi. Parfois même, quand l'image devenait insupportable, Orlosky s'attrapait lui-même le cou des deux mains dans l'obscurité d'une chambre quelconque. Il serrait un peu et s'étonnait de son épaisseur. Non, ce n'était pas comme tordre le cou à une poule. Mais avec Norton, si. Avec lui, ça aurait été comme ça. Orlosky avait du mal à croire que le vieux ne reviendrait pas. Qu'il ne frapperait pas une fois de plus à sa porte, une bouteille de whisky à la main. Et pourtant voilà. Le vieux ne revenait pas et il ne restait à Orlosky que le poids de son propre corps sur des matelas vétustes et humides.

Il en allait ainsi jusqu'à ce matin d'octobre où l'entreprise en bâtiment pour laquelle il travaillait, à Trenque Lauquen, l'avait envoyé poser un revêtement imperméable sur le toit d'une école rurale. Un travail qui plaisait à Orlosky. Être seul sur un toit. Sur les toits, Orlosky pouvait se sentir plus petit. Et l'éclat du revêtement argenté, les jours de soleil, déposait dans ses yeux un fil de lumière qu'il gardait en lui pendant des heures. À son arrivée, il a été accueilli par une institutrice très jeune qu'il ne tuerait jamais et qu'il a instantanément oubliée. Il a travaillé toute la journée entre les cris de la récréation et le silence des heures de classe. Un moment avant le coucher de soleil, il est descendu. Ébloui, il s'est laissé guider jusqu'au bureau de la direction. On l'a fait entrer. Il a cligné des yeux plusieurs fois dans la pénombre de la pièce, essayant de prêter attention à ce que lui disait la Directrice qui lui remettait sa paie. Orlosky a acquiescé au cas où, a laissé les taches dans ses yeux se dissiper et, voyant enfin la femme, a acquiescé de nouveau. Mais pas à ses paroles, cette fois ; c'était à lui-même qu'il s'adressait. Devant lui se trouvait la Directrice. Une femme aux cheveux lisses, gris. Elle devait avoir la soixantaine. Orlosky a dit oui et la femme, qui s'était replongée dans ses papiers, l'a regardé.

« Oui quoi ? »

Orlosky, confus, a laissé échapper une sorte de râle plaintif. Oui, il pouvait la tuer. Et non seulement il pouvait la tuer, mais il pouvait aussi s'imaginer en train de le faire. Il a vu ses mains entourer le cou fin aux tendons visibles et harmonieux. Il a vu le visage inquisiteur de la femme, son regard sans terreur aucune. Oui, il pouvait lui tordre le cou comme à une poule. Orlosky s'est raclé la gorge et il est parti sans répondre, pressé. Une fois sur la route, quand il a réussi à retrouver son calme, il a constaté entre ses jambes le poids douloureux de l'érection. Il a su qu'il reviendrait la chercher. Il a su, tandis qu'il conduisait sa vieille Renault 12 comme s'il flottait soudain sur la plaine, qu'il deviendrait l'esclave de cette femme.

*

Une fois qu'il a retrouvé la route, Pampa récupère son sens de l'orientation. Il peine un peu à croire qu'il n'est qu'à soixante-quinze kilomètres de Trenque Lauquen, mais c'est ce qu'indique le premier panneau qu'il croise. Il est sur la nationale 5. Au prochain croisement, il doit prendre la départementale 32. Après le deuxième virage, à vingt kilomètres environ, il sera déjà en mesure d'apercevoir l'école et les eucalyptus qui la délimitent.

Ce qui vient ensuite est facile. Trop facile. Pampa, tout à coup incrédule, en a le vertige. Tout ce qu'il a vécu depuis la nuit dernière ne peut pas être vrai. Le corps de Gretel Castellanos, la poursuite, la ferme, les enterrements. En tout cas, ce qu'il traverse maintenant n'est pas vrai. La route qu'il connaît. Le paysage qu'il connaît et qui surgit devant ses yeux irrités par le vent et le froid. Face à ce paysage, Pampa redevient le policier qu'il est et qui se sait coupable. Il a enterré vivant un homme. Il a dissimulé un crime. Pampa accélère dans l'espoir de laisser tout cela derrière lui. Il aimerait passer son chemin, ne pas avoir à affronter la Directrice, être comme une de ces balles qu'il collectionne dans le tiroir de sa table de nuit. Mais cette table de nuit, cette chambre derrière une maison à moitié construite, ce boucher qui n'a pas l'air d'un boucher, existent-ils seulement ? Pampa Asiain accélère et s'impose comme un équilibriste sur le givre de l'asphalte, essayant d'en voir le bout, malgré tout. Mais il n'y a que la plaine. Où qu'il regarde, il y a la plaine. Et la neige.

Quand il arrive à hauteur du croisement, Pampa a déjà allumé ses phares. Le coucher du soleil a progressé partout, seuls les champs irisés opposent une résistance. Pampa ralentit pour s'engager sur la départementale puis accélère de nouveau. Il se repère, Pampa, il sait où il est et où il va. Maintenant qu'il n'est plus perdu, c'est comme s'il avait perdu autre chose. Il a beau aller vite, il a beau être étourdi par le vent glacé et rester attentif face au risque qu'il encourt sur l'asphalte mouillé, il doit faire avec sa tristesse. Il doit faire avec cet alliage étrange de culpabilité et d'incrédulité. Il dépasse le premier virage et, dans l'ombre, aperçoit déjà au loin le deuxième, un tournant arboré. Mais avant qu'il n'ait pu y arriver, la moto se met à toussoter et l'incrédulité de Pampa devient bassement matérielle : il se rend subitement compte qu'il n'a plus d'essence. La moto décélère brusquement et Pampa en perd le contrôle. Il mord le bas-côté, dérape et s'enfonce dans un tas de neige. Ils tombent lentement, la moto et Pampa, ils tombent sans bruit ni douleur. Exhalant une buée gelée qui lui bouche la vue, Pampa reste là à regarder le ciel un long moment. Est-ce déjà la nuit que l'on voit derrière les nuages, encore la nuit ? Alors qu'il cherche à comprendre la nouvelle donne, la radio sonne, crépite. L'appareil est par terre à quelques mètres de lui, et, dans l'obscurité croissante, il est comme un scarabée noir géant. Pampa surmonte son appréhension, la prend, la regarde.

« Pampa... Pampa, putain de nom de Dieu de bordel de merde... Où tu t'es encore fourré ? Pampa, ici Parra. Je ne sais pas si tu peux m'entendre. Tu m'entends ? Bien sûr que tu m'entends mais tu fais le mort... Pampa... Pampa... Les lignes téléphoniques ne marchent pas, on n'entend rien à la radio, donc je ne sais pas si tu peux m'entendre. Cette neige de merde, Pampa. Je n'aime pas la neige... Pampa, ici Parra... Ici Parra, Pampa... »

Pendant deux minutes, Pampa écoute les tentatives de son collègue. La radio crépite entre de longs silences. Il imagine Parra devant le micro, seul, s'ennuyant, désespéré. C'est comme s'il était à la dérive. Comme si c'était le poste de police et tout le village de Monge qui bougeaient dans le noir, qui s'éloignaient et se perdaient. Quand Parra cesse de s'acharner, Pampa se relève. Ils se sont tous perdus. Tout et tous sont loin désormais, sauf l'école et la Directrice. Il ne sait même plus pourquoi il veut la rencontrer, mais il ne reste rien d'autre à faire. Il cherche sa lampe et l'allume. Il abandonne sa moto et rejoint la route. Il marche jusqu'au prochain virage. Il y a environ cinq cents mètres à parcourir et, quand il l'atteint, la nuit est déjà là. La nuit aussi a atteint le virage. La masse d'arbres, qui de loin semblait compacte, s'ouvre et laisse entrevoir l'école et son enceinte d'eucalyptus quelques trois cents mètres plus avant. À travers les fenêtres du bâtiment principal, on voit des lumières allumées. Pampa continue de marcher. Mais plus sur la route. Il franchit une clôture et avance parmi les plants de soja, plus verts et plus sombres que jamais, resplendissants, comme si la neige les avait dotés d'une curieuse vitalité, d'une conscience. Les plants de soja alignés brillent dans la pénombre, leurs feuilles comme des yeux fermés. Et Pampa avance parmi ces yeux qui en sont mais qui ne voient pas, il a le regard fixé sur l'école, sur les lumières des fenêtres. Il n'a encore vu aucune ombre, aucune silhouette, mais il sait qu'on l'attend. Qu'est-ce que la Directrice pourrait bien faire d'autre ?

*

À la lumière des bougies, assise à son bureau, la Directrice mettait de l'ordre dans ses papiers et empilait des pochettes. La tempête avait pris fin quelques jours plus tôt et, outre cette sensation de vide que laissent dans la plaine les grandes rafales, elle avait laissé l'école sans électricité. On n'entendait que le vent dans les eucalyptus tout autour tandis que la Directrice mettait de l'ordre dans ses papiers et empilait des pochettes. L'école était vide. Hormis la Directrice, il n'y avait qu'Orlosky, venu réparer le vieux générateur à essence et qui, dans l'obscurité, s'inventait à présent des besognes pour rester passer la nuit avec elle. Quand le bus de 20 h 30 est apparu à l'horizon sur la route, la Directrice a levé la tête pour l'écouter. Elle n'en attendait rien, mais écouter le bus passer était une excuse comme une autre pour détacher ses yeux de ses papiers, pour regarder par la fenêtre, pour constater l'absence de l'arbre. Et c'est en constatant l'absence de l'arbre qu'elle a perçu, avec une précision douloureuse, que le bus s'était arrêté. Précision et douleur. C'était donc ça, le présent. Le vent lui a ramené le bruit du moteur qui freine et pétarade. Le soupir mécanique de la portière. « C'est elle », a pensé la Directrice. Elle a entendu le vent, les eucalyptus, ce que cachaient le vent et les eucalyptus. « C'est elle », a-t-elle pensé à nouveau. La première fois, il y a eu de la stupeur. La seconde, il n'y a rien eu, une pensée insignifiante qui lui échappait, comme tant de choses ces derniers temps. Elle s'est emparée d'une bougie et, en la couvrant de sa main, a remonté le couloir sonore et sombre. Ses pas, dans ce couloir, semblaient être à elle, à celle qui arrivait, et non les siens. La Directrice est sortie dans la cour à l'avant, a cherché parmi les ombres. Le bus s'éloignait déjà sur la route et la Directrice se perdait dans ses pensées en le regardant s'effacer au loin, les feux arrière minuscules louvoyant jusqu'à disparaître. Elle a entendu les pas de Gretel sur le gravier avant même de la voir.

« Bonsoir. »

Elles étaient face à face et, entre elles, la bougie que le vent avait éteint, une noirceur toute neuve dans la main de la Directrice.

Celle-ci a tardé à répondre, persuadée que c'était elle qui avait salué la première.

« Bonsoir, a alors insisté Gretel. Je suis...

– Je sais qui tu es. Et tu n'as rien à faire ici. »

La Directrice essayait de prendre un ton ferme, mais dans le vent et dans la nuit sa voix lui semblait celle d'une vieille femme. Le vent, la nuit, les eucalyptus, l'odeur de boue aussi, sa voix. Elle ne voulait pas parler. Elle ne voulait pas vieillir ainsi.

« Excusez-moi, je ne voulais pas venir, ni vous importuner. Mais il se trouve qu'Esteban ne me répond pas et à Rojas, on n'a aucune nouvelle de lui...

– Il n'y a rien à savoir.

– Madame. J'ai besoin de savoir où il est. Pourquoi ne voulez-vous pas me le dire ? À quoi ça vous avance, de me faire ça ?

– Je ne te fais rien. Je n'ai rien à te dire. Si Esteban ne t'a rien dit, je ne peux rien te dire de plus... »

Tout juste un mètre les séparait. Les deux avaient froid, les deux étaient fatiguées, les deux sentaient la terre sur leurs dents et leurs lèvres desséchées. Le vent les décoiffait. Fouettait leurs vêtements. Pendant de longues minutes, elles sont restées l'une en face de l'autre, dans cette obscurité inquiète, en silence. Les deux attendaient. La Directrice aurait pu dire la vérité, elle aurait aussi pu mentir, mais elle n'a fait ni l'un ni l'autre. Gretel aurait pu enfoncer le clou, menacer, demander si Esteban avait fui avec une autre, s'il était mort, n'importe quoi, mais elle ne l'a pas fait non plus. Elles sont restées muettes et tranquilles, presque distraites. Presque. À un moment donné, la Directrice s'est demandé ce qu'elle faisait là, avec cette bougie éteinte à la main, qui était cette fille, quel défi elle lui lançait. La fille avait-elle les lèvres peintes en rouge ? Gretel, simultanément, se posait le même genre de questions, à ceci près qu'elle n'avait aucun défi en tête et, dans sa main, un sac à dos avec des habits. Une bougie éteinte, un sac à dos. Qui tenait la bougie, qui le sac ? Qui avait les lèvres peintes ? Un malaise les avait envahies. Elles ne savaient pas comment se sortir de cet instant. L'instant était un piège. Et elles essayaient, là dans le noir et le vent, elles essayaient. Mais seul demeurait le malaise. La bougie éteinte à la main, le sac à dos avec des habits à la main. Et puis, fini. L'une des deux a sorti une insulte. L'une des deux a donné une claque à l'autre, une claque qu'elles n'ont même pas entendue, grisées par le vent comme elles l'étaient. La claque s'est répétée puis a été rendue, et en une seconde les deux femmes roulaient déjà sur le sol. Il n'y a pas eu de cris, ni d'autre insulte. Pendant que les femmes se battaient, se frappaient maladroitement, on n'entendait que le vent dans la rangée d'eucalyptus. Au lieu de se cogner avec leurs poings serrés, elles semblaient vouloir arracher la peau de l'autre pour se cacher dedans. Finalement, Gretel a pris le dessus. Elle s'est levée et la Directrice est restée à terre, haletante. C'est alors que la silhouette noire d'Orlosky s'est abattue sur la jeune femme comme un éclair et l'a renversée. Précision et douleur ne sont pas la même chose que douleur et précision. La Directrice a vu l'ombre d'Orlosky étrangler l'ombre de Gretel, comme si c'était aussi son cou que serraient les mains du géant. Elle ne pouvait pas parler, elle ne pouvait pas respirer. « Oui », a-t-elle à peine eu le temps de dire. Juste quelques secondes. Quelques secondes, rien de plus. Le vent infatigable sur la rangée d'eucalyptus. Et le cœur de l'instant qui bat dans les oreilles, et y reste pour toujours.

*

Comme un animal aux aguets, Pampa, resté à distance, fait le tour du bâtiment principal de l'école. Mais Pampa n'est pas un animal aux aguets. La nuit est obscure et le brillant de la neige donne à l'air une clarté négative. Cet air résonne des voix criardes des enfants, de leurs éclats de rire qui tintent et plombent sa conviction. Pampa n'est pas un animal aux aguets. C'est un animal qui doute, qui marche en cercles quasi parfaits et doute. Par une des fenêtres illuminées, il peut maintenant voir les mines inquiètes d'une vingtaine d'élèves attablés dans un vaste réfectoire. Ils dînent. Pampa les regarde et ne peut s'empêcher de se demander ce qu'ils font là. Il continue de marcher, les perd de vue, contre toute logique il espère qu'à son prochain tour ils ne seront plus là. Mais ils y seront toujours, Pampa a l'intuition qu'ils y seront. Et pour comble, il n'y a pas trace de la Directrice. Lors de ses tours précédents, il a vu deux femmes dans le réfectoire, mais il est certain qu'aucune d'elles n'est la Directrice. « Encore un tour », se dit Pampa, encore un et les enfants ne seront plus là. Pourtant, au bout de dix tours, ils sont toujours là. Il est si fatigué, Pampa, que l'espace d'un instant il est tenté de tout laisser en plan. Oublier la Directrice. Mais comment oublier quelqu'un qu'on n'a jamais vu ? Et que signifie tout laisser en plan ? Poussé par le désir de voir la Directrice, il boucle son onzième tour. Ce faisant, il voit que même si les lumières du réfectoire sont encore allumées, les enfants ne sont plus là. Il ne reste que les deux femmes. Elles débarrassent, prises d'un fou rire, elles ont dans leurs mains les assiettes et les verres dont les enfants se sont servis, comme si elles étaient en équilibre, comme des jongleuses prêtes à faire leur numéro. Bien que les enfants ne soient plus là, Pampa ne s'arrête pas. Il continue de marcher, observant les deux femmes, leurs silhouettes découpées dans le rectangle de lumière où elles sont poussées vers le bord à mesure qu'il avance. Il ne s'arrête qu'en voyant apparaître la troisième femme. Il n'a pas besoin de savoir que les deux autres ont cessé de rire, ni de noter que leurs épaules se redressent et se figent, pour comprendre qu'il s'agit de la Directrice. C'est elle, ça ne fait aucune doute.

Pendant plusieurs minutes, les femmes parlent. Elles échangent des idées, affirment, elles ne jonglent pas. Pampa est encore trop loin pour distinguer clairement les traits de la Directrice, et, au risque d'être découvert, il s'approche. Il y a quelque chose d'étrange avec le visage de cette femme. Car tandis que la vision des deux institutrices se précise, le visage de la Directrice reste aux limites de l'indéfinissable. Comme celui d'un vieux rêve. Pampa est maintenant tout près de la fenêtre quand les deux autres femmes quittent la pièce, la Directrice se retrouve seule, vérifiant que tout est en ordre. Elle fait quelques pas, se penche et ramasse quelque chose par terre. Elle regarde à nouveau puis éteint la lumière et sort. D'autres lumières s'allument alors dans l'école, mais Pampa a du mal à déterminer de quelles pièces il s'agit. Il a atteint la fenêtre et regarde dans le noir le réfectoire vide. Il considère un moment l'éventualité de s'introduire par là, mais l'écarte immédiatement. Il n'est pas un voleur, lui. Il n'est plus très sûr d'être un policier, mais un voleur certainement pas. En rasant presque les murs de l'école, il en refait le tour. Devant chaque fenêtre, son cœur bat plus fort. Il passe devant plusieurs salles de classe obscures. Il y a de la lumière, mais toujours ailleurs. Comme s'il était au centre du bâtiment. Ou comme si quelqu'un déplaçait la lumière pour qu'il ne puisse pas la trouver. Le bâtiment, longé de si près, lui semble maintenant beaucoup plus grand, plus profond. La prochaine fenêtre a l'air plus sombre.

Il s'y arrête. En effet, dans cette pièce, on ne perçoit aucune source de lumière, il n'y aucune lueur en dehors de celle qui pénètre par la fenêtre devant laquelle se tient Pampa, cette étrange clarté négative de la nuit qui émane, ou semble émaner, de la neige. Ses yeux mettent quelques secondes à s'habituer à la pénombre. Ensuite lui vient le réflexe de se cacher, mais il ne bouge pas. À l'intérieur, deux longues rangées de lits où sont couchés des enfants se perdent dans le noir. Ils ont tous l'air endormis, mais Pampa sait, il le sait de tout son corps, qu'ils ne dorment pas tous et que l'un d'eux, calme et terrifié dans son lit, est en train de l'observer. S'il bougeait, s'il se cachait maintenant, il ne serait rien de plus qu'un homme qui espionne et se cache. Une créature furtive qui ferait bondir l'enfant, et celui-ci réveillerait tout le monde avec ses cris. Lequel d'entre tous cela peut-il bien être, lequel est encore éveillé ? S'il reste là, Pampa le sait aussi de tout son corps, il alimentera la terreur et obligera cet enfant à fermer les yeux, à nier son existence de toutes ses forces. Il sait cela. Pampa sait ce genre de choses. C'est pourquoi il reste immobile devant la fenêtre, découpé dans cette clarté divergente. Pampa est ainsi exactement le fantôme des cauchemars de l'enfant, un moignon, un nœud de ténèbres qui concentre toutes ses peurs. Pampa est le fantôme de l'enfant mais aussi le sien propre, et il tremble d'effroi car c'est la seule chose que font les fantômes. Trembler et rester.

*

Précision ou douleur. Gretel manquait d'air et, en essayant désespérément de respirer, elle a senti l'odeur vieille et puissante du corps d'Orlosky. Une sueur aigre et pénible, celle d'un homme malade, affaibli, qui avait pourtant assez de force pour la tuer. Gretel n'y a pas pensé, elle n'a pensé à rien. Mais d'une certaine façon, avant de mourir, elle en est venue à accepter que cette odeur violente, acide et ancestrale, devait être l'odeur de la mort. Seulement, elle n'est pas morte. Un instant après, l'air qui lui brûlait les poumons lui a fait ouvrir les yeux. Elle a cligné des paupières comme si celles-ci se disloquaient. L'obscurité était totale. L'odeur, celle d'Orlosky, était là, asphyxiante. Ce n'était plus l'odeur d'un corps mais celle du monde. Gretel a essayé de bouger mais n'a pas pu. Elle a palpé les parois étroites autour d'elle, mais n'a pas compris qu'elle était dans le coffre d'une voiture avant d'entendre les voix.

« Je ne veux pas que tu l'enterres. Accroche-la à un arbre.

– Qu'est-ce que tu racontes ?

– Je te dis de l'accrocher à un arbre. »

Le silence, dense, menaçant, a duré quelques secondes, jusqu'à ce que la voix de l'homme cède :

« Où ça ?

– Peu m'importe. Loin. Là où d'autres la retrouveront...

– Je ne sais pas... on devrait l'enterrer.

– Je te dis que non. Que d'autres s'en chargent. À chacun ses morts et cette fille n'a rien à voir ni avec moi, ni avec toi. Tu la connais, peut-être ? Tu sais comment elle s'appelle, tu sais quelque chose à son sujet ? Tu ne sais rien. Je ne sais rien.

– C'est une fille...

– C'est une fille et tu l'as tuée. Accroche-la à un arbre, je te dis. Va-t'en. Emmène-la et ne reviens plus. Je ne veux plus te voir. »

Des pas sur les gravillons, puis le silence du vent, des eucalyptus. La grand-mère d'Esteban était partie. L'homme était resté seul. Gretel parvenait à sentir sa présence.

« Salope... C'est toi que j'aurais dû tuer... » sanglotait Orlosky, s'insurgeant.

Gretel était paralysée, aveuglée par l'obscurité qui l'oppressait. C'est d'elle dont ils parlaient ? Était-il possible qu'ils soient en train de parler d'elle ? L'avaient-ils tuée, était-elle morte, la croyaient-ils morte, la tueraient-ils ? Les yeux grand ouverts, elle cherchait un filet de lumière, un espace où lancer le cri qu'elle sentait coincé dans sa gorge. Mais il n'y en avait pas. L'obscurité était parfaite. La chose la plus parfaite que Gretel ait jamais connue. Elle voulait bouger mais ne réussissait qu'à trembler. Et elle tremblait tellement qu'elle a mis du temps à se rendre compte que la voiture s'était mise en marche.

La Renault 12 avançait sur le gravier. Quand elle s'est engagée sur la route, le cahot a propulsé la tête de Gretel contre la roue de secours. Sentir son corps l'a remuée. Des larmes épaisses s'accumulaient dans ses yeux et éclataient à chaque clignement de paupières. La voiture prenait de la vitesse. Une fente filtrait l'air de la nuit qui brassait les odeurs de l'enfermement. Le bruit du moteur l'étourdissait et, par moments, la voix de l'homme lui arrivait de très loin. Une plainte inarticulée qui l'emplissait d'espoir et d'effroi. Le voyage a duré longtemps, et tant que le tapis régulier de la route le lui permettait, Gretel essayait de retrouver la maîtrise d'elle-même. Il lui fallait faire en sorte que ses mains lui répondent, dissoudre le nœud dans sa gorge. Elle a fermé les yeux pour ne pas voir l'obscurité étouffante et a réfléchi, a réfléchi de toutes ses forces, avec toute son énergie. Que fallait-il faire maintenant ? Crier, demander de l'aide, demander pardon, attendre ? Où se dirigeaient-ils ? Pourquoi lui faisait-on ça ? Les questions se répétaient et malgré ses efforts elle n'y trouvait pas de réponses. La seule chose qu'elle désirait, c'était crier. Crier jusqu'à ce que le cri efface tout le reste. Mais le cri était comme une pierre dans sa gorge et elle, une pierre dans l'obscurité parfaite du coffre, et la voiture, une pierre fluctuant dans l'orbite noire des champs.

Quelque temps plus tard, un temps incalculable pour Gretel, les secousses lui ont indiqué qu'ils arrivaient à destination. Ils avaient quitté la route et parcouraient à présent un sentier accidenté. Gretel a mis sa tête dans ses bras pour éviter de se cogner. Elle a pu alors pleurer, gémir, et se rendre compte qu'elle avait pleuré et gémi jusque-là. Le passage sur le chemin n'a pas duré et, quand la voiture s'est arrêtée, Gretel a mis ses mains devant sa bouche. Elle pressentait qu'elle ne devait pas faire de bruit. L'homme est descendu du véhicule. Tout en jurant, il a marché dans un sens, puis dans un autre. Puis il s'est arrêté. Il était loin. Il était près. Il n'était nulle part. Le tour de clef dans la serrure du coffre a pris Gretel au dépourvu. Elle a voulu fermer les yeux mais n'a pas pu. La clef semblait tourner à l'intérieur d'elle-même, à l'intérieur de son crâne. Quand le coffre s'est ouvert et que l'air de la nuit lui a touché le visage, elle a ressenti un bref soulagement. Quelle était l'odeur de la nuit ? Quelle est l'odeur des nuits ? L'odeur de cette nuit ? Gretel a essayé pour la dernière fois de fermer les yeux, mais ils restaient irrémédiablement ouverts. Elle avait besoin de voir la figure de cet homme et pourtant, elle ne l'a pas vue. L'homme, Orlosky, n'a été, à jamais, qu'une silhouette gigantesque, noire et plaintive, penchée sur elle.

*

Devant le dortoir des enfants, Pampa conclut qu'il n'y a qu'un seul moyen d'entrer dans l'école. Il n'est pas un voleur, mais il peut très bien être un fantôme. Et avec l'assurance d'un fantôme, il retire son blouson puis palpe la fenêtre. Elle est verrouillée de l'intérieur mais le verrou est léger, vieux, usé. Il n'a pas besoin de forcer beaucoup pour l'ouvrir. En revanche, il lui faut user de toutes ses forces pour se hisser sur le rebord. Il est petit, Pampa, presque un enfant, et il fait probablement comme les élèves plus âgés, qui font le mur les soirs d'été. Il prend appui sur le rebord, saute, passe une jambe, puis l'autre. Une fois assis sur le bord, il reste là un instant, se balance et observe. Puis, tout doucement, il se laisse glisser jusqu'au sol, qu'il devine être en bois, et qui l'est. Tant mieux. Le parquet grince sous son poids mais c'est le genre de parquet qui grince tout le temps. Pampa referme la fenêtre puis regarde attentivement les rangées de lits. Ils ont tous l'air endormis, ils font tous parfaitement semblant. Pampa traverse la pièce à pas lents et assurés, quasi solennels. Les longues lattes de bois craquent sous ses pieds et, d'une certaine manière, ça le protège. Pampa sait qu'entre tous ces enfants, il y en a un, un au moins, qui ne dort pas, les yeux fermés de toutes ses forces, la mâchoire serrée : il a confiance en lui, il place ses espoirs en lui. À l'autre bout de la pièce, il y a une grande porte à deux battants. Pampa, avec la même détermination dont il a fait preuve pour la fenêtre, pousse la poignée. La porte s'ouvre. Un cliquetis et les gonds qui grincent. Pampa est maintenant hors du dortoir et referme derrière lui.

C'est un couloir. Un large couloir qui part sur la droite et sur la gauche. Au bout, dans les deux sens, avec une symétrie déconcertante, des faisceaux de lumière traversent les rectangles dessinés par les portes ouvertes de deux chambres, chacune à l'opposé du dortoir. Pampa regarde d'un côté et de l'autre. Il prend son temps, indécis. Alors, une lumière s'éteint, puis l'autre aussi. Laquelle s'est éteinte la première, celle de gauche ou celle de droite ? Pour une raison ou une autre, la question est très importante pour Pampa. Et pourtant, il ne peut pas le savoir. Confus, il reste immobile dans l'obscurité. Il écoute. Cherche dans le silence. Au bout de quelques minutes, il entend de très loin un clic, comme si quelqu'un appuyait sur un interrupteur. Et en effet, sans qu'il puisse déterminer d'où elle vient, une clarté très ténue baigne maintenant le couloir. Presque imperceptible, un changement infime mais bien présent dans la pénombre. Une étrange irisation, moins l'écho d'une lumière qu'une anomalie des ombres. Pampa avance dans une direction. Il s'arrête. Revient sur ses pas. Tout à coup, il doute. Il a la sensation que ce couloir ne peut pas être à l'intérieur de l'école, de ce bâtiment solitaire dans la plaine et dans la nuit où il a rôdé pendant des heures. Il n'y a pas plus de dix minutes, il était dehors, et pourtant à présent il a du mal à le croire. Il y a quelque chose qui cloche, dans ce couloir. Il n'y a pas de meubles, ici. La nudité de ce couloir est décourageante. Où qu'il aille, quelle que soit la direction qu'il emprunte, Pampa pressent que ce sera la mauvaise. Mais il doit prendre une décision. Il doit sortir d'ici. Il choisit d'aller vers la gauche parce que c'est dans la main gauche qu'à l'instant, il s'en rend compte, il tient le Beretta. L'arme dans sa main brise le sortilège de la symétrie. Pampa avance presque à l'aveugle, tâtant dans l'obscurité ces taches phosphorescentes et sombres qui semblent surgies de nulle part. Mais elles viennent bien de quelque part et c'est dans cette direction qu'il doit aller. Il longe plusieurs portes fermées. Arrive devant la porte ouverte, d'où juste avant sortait de la lumière. Il s'arrête sur le seuil. À l'intérieur, l'obscurité est plus profonde, il n'arrive à rien voir. Il pourrait se servir de sa torche mais il ne le fera pas. Pampa a trop pratiqué la discrétion et cela l'oblige à être patient. Il attend, attend un long moment. Écoute ou invente des pas, un autre clic quelconque qui nc produit aucun changement dans l'atmosphère. Jusqu'à ce que l'atmosphère bascule sans un son.

Pour un instant, il ne sait plus d'où provient la lumière. À l'intérieur de la pièce qui lui fait face, il devine à présent de hauts meubles sombres. Des bibliothèques. Il entre. La pièce est beaucoup plus grande qu'il ne le croyait. Et il n'y a pas d'autres meubles que ces bibliothèques qui recouvrent l'un des murs. Que se passe-t-il, ici ? Quel est ce sortilège, cette maison énorme et vide ? Sur l'un des murs latéraux, sous une porte fermée, filtre un trait de lumière. Pampa se dirige vers lui. Là, il colle son oreille contre la porte. Il y a des bruits de l'autre côté. Pampa a fait ça très souvent, il peut déterminer à la texture des bruits si une personne est seule ou accompagnée. Les bruits que fait une personne seule résonnent comme ceux d'un rongeur. Et c'est ce que Pampa entend en ce moment même. Quand il se penche pour regarder par le trou de la serrure, la lumière s'éteint, et Pampa a tout juste le temps de se pousser. La porte s'ouvre et la Directrice sort de la pièce. Pampa la voit marcher entre les ombres avec une détermination qui lui donne des frissons. Car il voit désormais parmi les ombres. Car l'obscurité n'a plus de secrets pour lui. Il la laisse s'éloigner d'une dizaine de pas et la suit. La Directrice avance dans le noir mais pas à l'aveugle. Sur le mur opposé, il y a une autre porte. La Directrice la franchit et tourne à droite. À partir de là, Pampa perd ses repères. S'il devait revenir en arrière, il ne saurait pas comment s'y prendre. Il ne lui reste qu'à la suivre, elle qui marche enveloppée dans les ténèbres, et qui, en traversant pièces et couloirs, laisse les portes ouvertes derrière elle, comme si elle savait qu'il était là et qu'il la suivait. Peu de meubles, taches flottantes, coins grossissants, la Directrice par moments se dédouble et Pampa craint de perdre sa trace. Mais il ne la perd pas. Et ils arrivent enfin au terme du parcours, Pampa l'a su avant même d'entrer, sur ses talons. La Directrice a ouvert une porte comme si celle-ci n'existait pas. C'est celle de sa chambre, de sa chambre à coucher. Pampa, que la pénombre amincit, se glisse dans un coin, près de la penderie. Pendant ce temps-là, la Directrice, sans s'arrêter dans la chambre, est entrée dans la salle de bain attenante, elle n'a pas fermé la porte, n'a pas allumé la lumière. Après un long silence qui oublie Pampa ankylosé dans son coin, la Directrice urine longuement dans le noir. Et Pampa l'écoute, les mains devant la bouche, sur les oreilles. La Directrice urine encore et encore dans le noir comme si cela allait durer pour l'éternité.

*

Bouger, pousser, transpercer, avec ses mains devenues griffes, la terre qui le recouvrait jusqu'à atteindre la surface. Ce n'était d'abord qu'un réflexe des muscles dans l'obscurité étouffante, dans cette tombe gelée et humide qui n'était pas la sienne. Lui était vivant et la terre était vivante. Orlosky a considéré, dégoûté, le poids qui l'immobilisait. La terre que ses doigts réussissaient à remuer était friable, poreuse. Il a secoué la tête, avalé de la terre, grogné sourdement. Il grattait, grattait, mais il arrivait à peu de choses, très peu de choses. Orlosky manquait d'air pour persévérer et ignorait à quelle distance se trouvait la surface. Ce pouvait être une poignée de centimètres, mais il pouvait aussi bien être enterré à une profondeur impossible. Et comment pouvait-il le savoir ? Comment une chose pouvait-elle être impossible ? Orlosky ne savait rien, pas même qu'il était Orlosky, qu'il avait une balle dans l'épaule et qu'il était enterré sur le corps de Gretel Castellanos. Il ne savait rien, ne voulait rien, et ses muscles privés d'oxygène ont commencé à faiblir, spasmodiques. C'est seulement à ce moment-là, alors qu'il était sur le point de flancher, de s'abandonner aux crampes qui l'avaient accompagné toute sa vie, qu'il l'a entendue. C'était un faible grattement d'insomniaque, à nul autre pareil. Un frôlement persistant, là, sous la nuque, près des oreilles. Orlosky s'est calmé une seconde, il écoutait. Des ongles qui griffaient, s'allongeaient, s'allongeaient sans cesse, qui le cherchaient. C'était elle. Orlosky a aussitôt su où il était, à qui était la tombe dans laquelle il était enterré. La terreur a inondé son corps d'adrénaline et, en se tortillant, il a réussi à se défaire du contact de la bâche qui enveloppait le corps de la fille du quincaillier. Il s'agitait désespérément. Un long gémissement s'est échappé du fond de ses poumons quand il a retrouvé l'air de l'après-midi. Un air lumineux qui l'a aveuglé. Après être parvenu à dégager un de ses bras, il s'est mis à creuser pour libérer l'autre. Le torse enfin sorti, il s'est retourné et s'est traîné. Il gémissait, pleurait, braillait. Il s'est éloigné de la tombe de Gretel Castellanos autant qu'il a pu. S'est retourné et s'est retrouvé sur le dos, sur la neige. Le ciel resplendissait et il était, lui, un rat aveugle et maladroit. Les mains ankylosées, il a creusé l'air, sans y croire.

Pendant des heures, Orlosky n'a été rien d'autre que le soufflet agonisant de ses poumons. Sa conscience tenait dans son souffle. Parfois, il pouvait ouvrir les yeux. La décomposition du ciel qu'il prenait pour la mort n'était qu'un coucher de soleil.

Ça y est, il était tombé, il avait parfait sa chute. Et pourtant, il était toujours là. Il avait toujours peur. Peur de quoi ? De rien. Une peur vide, pure, sans causes ni conséquences, qui le maintenait en alerte. Il y avait des choses très lentes, comme ce ciel gris et distant, et des choses d'une vitesse déchirante, comme les aiguillons qui lui traversaient le corps. Il avalait de l'air, haletait, ouvrait ou fermait les yeux. Par moments, Orlosky sentait son corps devenu immense, gélatineux, inamovible, si grand qu'il ne pouvait même pas en connaître les limites avec certitude. Et tout de suite après, il sentait le contraire. Son corps s'était contracté, avait rétréci comme une racine desséchée qui se défaisait en mille échardes microscopiques. Avec la faible capacité d'étonnement qui lui restait encore, tandis que la nuit recouvrait les champs, il a pris conscience qu'il ne savait pas seulement être énorme, mais qu'il savait aussi être minuscule. Et que les deux choses, au milieu de ses râles, le tourmentaient tout autant. Alors la nuit a tout recouvert, les champs et lui. Elle avait quelle odeur, cette nuit ? Quelle odeur ont les nuits ? Quelle odeur a la nuit ? Sans le vouloir, Orlosky a tenu quelques heures de plus. Le froid du petit matin l'a emporté et la peur a flotté encore un peu.

*

Alors que la Directrice se déshabille dans le noir, Pampa, dans son coin près de la penderie, remet les mains devant sa bouche. Les deux mains, et le Beretta. La chambre à coucher est petite, avec une fenêtre et des rideaux. La Directrice, avant de se déshabiller, a ouvert les rideaux et regardé par la fenêtre. Puis elle a attrapé quelque chose sur la table de chevet et l'a regardé. Quand l'écran du téléphone s'est illuminé, Pampa a senti son cœur s'arrêter : il avait encore le portable d'Orlosky dans la poche de son pantalon. Mais la Directrice a reposé le sien sur la table de chevet, renonçant à appeler, et s'est tournée vers la fenêtre. La clarté de la nuit, cette splendeur des champs enneigés, a donné à son visage, à ses cheveux lâchés sur les épaules, à son corps maigre, un âge. Et Pampa s'est alors souvenu, perplexe, qu'il avait lui aussi un âge.

La Directrice se déshabille à présent, enlève ses couches de vêtements, son tablier. Elle s'assied sur le lit et dénoue les lacets de ses chaussures. Elle les enlève, enlève ses chaussettes, se remet debout et déboutonne, puis retire son pantalon. Ses jambes sont longues et pâles, décharnées. La Directrice prend une chemise de nuit pliée à la perfection sous son oreiller et l'enfile. Elle entre dans le lit deux places avec précaution, sans défaire l'autre côté, et reste assise, adossée à la tête de lit. Le temps d'une seconde, Pampa croit être démasqué. La Directrice semble regarder dans sa direction. Il est sur le point de faire un pas en avant quand il comprend ce qu'elle est en train de faire. La Directrice prie. Elle a une curieuse façon de prier. Elle ne joint pas les mains, elle ne baisse pas la tête, mais la lève à peine et murmure. Et c'est par le murmure et la cadence que Pampa devine la prière. Prie-t-elle les yeux fermés ou les yeux ouverts, la Directrice ? Pampa ne peut pas le savoir. Il aimerait, mais il ne peut pas. Alors il ferme les yeux et se laisse bercer par l'oraison, par la grâce monotone des mots qu'il connaît bien. Quand il les rouvre, la Directrice a déjà fini sa prière et s'est allongée. Elle s'installe sous les couvertures, son corps tourné vers la fenêtre. Pampa entend sa respiration. Son rythme lucide, sans les pauses aveugles du sommeil. C'est la respiration d'une femme éveillée qui va le rester encore un long moment. Pampa sent ses jambes fléchir mais ce n'est pas la fatigue. C'est l'habitude, l'ancien labeur de patience et de vigilance. Il commence par s'accroupir puis s'assied, le dos contre le mur, recroquevillé dans son coin. Malgré l'épuisement, Pampa ne craint pas de s'endormir, il sait qu'il ne s'endormira pas. Il écoute attentivement la respiration de la Directrice et règle la sienne sur le même rythme. Maintenant, ils respirent ensemble, la Directrice et Pampa. Éveillés. Les yeux ouverts dans la pénombre de la chambre. Sans rien chercher, sans rien attendre. Seuls et pensifs devant tant de solitude. Pendant plus d'une heure, ils restent comme ça, jusqu'à ce que Pampa perçoive un changement dans la respiration de la Directrice. Sa façon d'inspirer et d'expirer s'est faite moins discrète. La Directrice respire profondément, comme noyée déjà dans son sommeil. Pampa, alors, se lève. S'approche du lit, en fait le tour. S'arrête à son chevet et contemple la femme en train de dormir. Dort-elle vraiment ou fait-elle semblant ? Il ne sait pas si la femme s'est assoupie, mais c'est mieux ainsi, car s'il le savait il pourrait commettre un acte irrémédiable. Il est si difficile de croire au sommeil des inconnus...

Pampa est là, debout près du lit, et il a le sentiment qu'il a déjà été là, qu'il a toujours été là. Il se penche sur la femme, poursuivant l'odeur onctueuse de son corps abandonné. Elle est à la fois éveillée et endormie, tandis que Pampa saisit un par un les objets sur la table de chevet, les palpe, les classe et les remet à leur place. Le portable, un réveil, une boîte de mouchoirs, un pot de crème qu'il ouvre et renifle. Que cherche-t-il ? Cherche-t-il quelque chose ? Il repose le dernier objet avec la plus grande douceur et reste tranquille. Très tranquille. À tel point qu'il tremble, il reste là et tremble. Quand le tremblement lui devient insupportable, Pampa entend sa propre voix susurrer :

« Je reviendrai. Je reviendrai la chercher. »

Pampa met ses mains, son Beretta, devant la bouche, et fait deux pas en arrière. Il se balance, en équilibre. Et maintenant ? Quel équilibre reste-t-il à faire, lequel est déjà fait ? « Je reviendrai. Je reviendrai la chercher », a dit Pampa. Et la Directrice, à la fois éveillée et endormie, a pensé « Ne pars pas », a pensé « Reviens ». Voilà ce qui s'est fait. On entend des bruits venir de quelque part dans l'école, une porte qui se ferme, une question à laquelle personne ne répond, une question formulée en rêve. Pampa, avant de se transformer en fantôme pour toujours, fait demi-tour, ouvre la fenêtre et saute. En rasant les murs, il longe le bâtiment jusqu'au dortoir des élèves. Il prend son blouson et l'enfile. De l'autre côté de la fenêtre, dans l'obscurité de la pièce, il voit un enfant debout. Il ne doit pas avoir plus de huit ans et il le regarde. Il n'a pas l'air d'avoir peur. Pampa porte un doigt à ses lèvres, lui demandant inutilement de se taire. Puis il se retourne et s'éloigne. Au début il marche. Ensuite il court. La neige et la boue compliquent sa course, mais il ne s'arrête pas. Il court jusqu'à atteindre la route et continue de courir. L'air gelé de la nuit le blesse au-dedans et au-dehors. Il atteint la moto, la soulève et la pousse. Le retour sera long. Il mettra toute la nuit à aller jusqu'à Monge, jusqu'à sa chambre derrière la maison des Ré, mais Pampa est sûr d'y arriver. Le sous-officier adjudant Pampa Asiain sait qu'il arrivera avant le lever du jour, qu'il dormira beaucoup et tombera malade, qu'il aura de longues et pénibles journées de fièvre où il sentira la présence vacante de l'intrus qui erre au milieu de ses affaires. Il sait qu'ensuite il guérira, qu'il se remettra sur pied sans la moindre séquelle, retournera s'ennuyer au poste de police avec le sous-officier adjudant Parra, et que de temps en temps il ira dans le silo abandonné du moulin Saéz, où il recommencera à jouer de la guitare et à chanter les cinq chansons qu'il connaît par cœur, tandis que ses yeux se remplissent de larmes. Et il sait aussi, tant qu'il fait encore nuit et qu'il y a de la neige partout et qu'il a encore beaucoup de route à faire, que triste, cruel, inconsolable, il reviendra un jour chercher la Directrice.

Je suis l'hiver.
Je suis l'hiver.
Je suis l'hiver.
Je suis l'hiver.
Je suis l'hiver.

Chapitre 5
Irina

DEVANT la lueur des flammes, Irina secoue la tête. Elle a le sourcil froncé, les lèvres serrées. Elle a l'air inquiet, mais ça ne dure pas longtemps. Aussitôt, elle repart de son rire cristallin, contagieux. Elle masse ses genoux avec la paume des mains. À qui adresse-t-elle son rire contagieux, Irina, dans cette nuit gelée, dans cette maison abandonnée de l'autre côté de la voie ferrée ? Avec le manche d'un balai, elle attise le feu sans cesser de rire. Cette fois, elle a utilisé deux croix blanches. Les dernières, pense-t-elle. Cependant, ce n'est pas un sujet d'inquiétude. Y a-t-il vraiment quelque chose qui l'inquiète ? Oui, il y a quelque chose, parce qu'il y a toujours quelque chose qui l'inquiète, même si elle ne le prend pas très au sérieux. Il y a un instant, elle pensait à ses filles, essayant de se rappeler combien elle en avait, et si elles étaient toutes mauvaises ou bien s'il y en avait une gentille, si elles avaient toutes un homme et des enfants. Mais quand elle regarde le feu, Irina a du mal à se souvenir, à penser au passé. Existe-t-il quelque chose en dehors de cette nuit terriblement froide ? Existe-t-il quelque chose en dehors de cette neige sale qui est partout ? Existe-t-il quelque chose en dehors de ce feu ? Irina ne le croit pas. C'est tout ce qu'il y a, et pour elle, c'est bien comme ça. Surtout ce feu, fait avec les croix des morts. La peinture blanche est déjà carbonisée, une peinture blanche qui dégage en brûlant une fumée noire et épaisse qui la fait tousser. Irina tousse, rit et tousse. Ce sont les dernières croix, elle le sait, mais elle sait aussi que des morts, il y en a tous les jours, et que par conséquent il y a de nouvelles croix tous les jours, partout, des croix comme des ancres qui attachent les morts à leur mort, qui ne les laissent pas l'oublier. La plaine est pour elle un immense et joyeux cimetière. Car pour elle, la joie a à voir avec la distance. Avec le fait d'être proche et loin à la fois. Il lui faudra pour un temps retourner chez ses harpies de filles, elle devra les supporter, elles, leurs maris et leurs enfants. Jusqu'à ce qu'on la chasse ou qu'elle décide de partir. Après, elle pourra revenir. Ou bien elle ira dans un autre village en pensant que c'est le même. Et alors peut-être, seulement peut-être, le petit jeune homme lui manquera. Le policier qui lui rend visite de temps en temps et la gronde. Il est tout petit, le policier, c'est pour ça qu'il a les cheveux et les yeux très noirs. C'est comme ça. Il est aussi petit qu'elle. Peut-être lui manquera-t-il, oui, ou peut-être pas. Peut-être ne se souviendra-t-elle même pas de lui. Connaît-elle son prénom, par exemple ? Non, elle ne le connaît pas. Et devrait-il seulement en avoir un ? Oui, il devrait, il le mérite. De temps à autre, Irina tend l'oreille, pleine d'espoir. Elle croit entendre le moteur de la moto mais ne perçoit que le sifflement du vent. Ce sifflement particulier que fait le vent en traversant les maisons vides de ce côté-ci des voies ferrées. Irina pense au vent et approche du feu ses paumes ouvertes. Elle fait claquer sa langue de contentement. Hoche la tête. Il n'y a pas meilleur feu que celui que font les croix des morts. Il suffit d'attendre que la peinture se carbonise, que la fumée noire disparaisse. Puis en profiter toute la nuit. Car le feu fait avec les croix des morts dure toute la nuit. Irina hoche la tête, claque la langue, rit un peu. S'arrête de rire. Les flammes se sont assagies et, quand les flammes s'assagissent, elle devient mélancolique. Ses tripes remuent, elle est inquiète. Ce n'est pas la faim. À l'extérieur, il y a ce groupe de maisons perdues dans la plaine, ça, ça va encore, mais Irina ne sait pas quoi penser de la neige. Elle a... quel âge a-t-elle ? Elle ne s'en souvient plus. Quatre-vingts, quatre-vingt-dix, cent ans, beaucoup en tout cas. Elle n'en est pas à sa première neige, ce n'est pas ça. Mais la neige la trouble, lui fait se poser des questions comme celle de l'âge. Qui peut bien se soucier de l'âge qu'elle a ? Peut-être, seulement peut-être, si le policier faisait maintenant son apparition, le petit jeune aux cheveux noirs et aux yeux noirs, elle se sentirait mieux. Elle se débarrasserait de cette mélancolie, elle aurait envie de rire, de son rire contagieux. Irina sourit rien que d'y penser, elle bouge ses mains au-dessus des flammes, claque la langue de contentement. Et en oublie ce qu'elle devine derrière cette neige. Que dans la plaine, les vivants et les morts se confondent facilement.

Je suis l'hiver.
Je suis l'hiver.
Je suis l'hiver.
Je suis l'hiver.
Je suis l'hiver.

L'AUTEUR

Ricardo Romero est né à Paraná en 1976. Diplômé en lettres modernes à l'université de Córdoba, il vit à Buenos Aires. Romancier très prolifique et touche-à-tout, il s'attaque avec bonheur à tous les genres littéraires. Il a obtenu le prix du meilleur roman du Fonds National des Arts argentin en 2017 pour *Je suis l'hiver*. Son dernier roman publié en France est *Les Chiens de l'hiver* (Asphalte, 2022).

LA PLAYLIST

Les morceaux de cette playlist ont été sélectionnés par Ricardo Romero afin de prolonger votre lecture.

Ry Cooder / Paris, Texas
Ry Cooder / Houston in two seconds
Radiohead / Karma Police
Madonna / Like a prayer
Tom Waits / What's he building?
Sui Generis / Tribulaciones, lamentos y ocaso de un tonto rey imaginario, o no
Sui Generis / Confesiones de invierno
Leonard Cohen / You want it darker
Björk / Where is the line
Pescado Rabioso / Cantata de Puentes Amarillos
Pescado Rabioso / A Starosta, el idiota
Liliana Herrero / Zamba del arribeño
Roger Waters / Amused to death

ISBN : 978-2-36533-119-7

Achevé d'imprimer en Bulgarie, en novembre 2022.

Dépôt légal : janvier 2023